Le Secret de Sarah

DU MÊME AUTEUR

Déborah – La Rencontre Interdite

Echappées Belles

Quatre

Un Amour de Confinement

Hélène Tavelle

Le Secret de Sarah

roman

Une énigme tirée de faits réels.

A ma grand-mère, Sarah

1.

Caroline accorde une attention toute particulière à se préparer ce matin. Elle fait des efforts pour afficher un look sophistiqué mêlant subtilement le négligé et le style.

C'est le Jour J. Elle doit se rendre à une dédicace de son dernier roman au Grand Café des Négociants. La célèbre brasserie lyonnaise, une institution depuis 1864, sera privatisée pour l'accueillir. Un honneur quand on sait la fréquentation de cet établissement un samedi de 14 heures à 16 heures.

Elle jette un œil sur la publication du Progrès annonçant l'événement :

Après un an d'absence, Caroline Lacoste vient à la rencontre des Lyonnais et de ses lecteurs passionnés par les aventures de Nina, l'ado des banlieues devenue chanteuse lyrique à 16 ans et parcourant les scènes internationales de l'Opéra Bastille au Metropolitan Opera ou au Royal Opera House de Covent Garden… « Nina » est devenu un best-seller grâce à la série télévisée à suspense adaptée du livre éponyme de Caroline.

Un deuxième opus, Nina 2, vient de paraître aux Editions Grasset. Parfum de banlieues, de réseaux sociaux, de crises de nerf de la jeune diva indisciplinée, les jeunes sont partout dans ce roman. Nina mène la danse de Paris à Dubaï, de New-York à Londres.

Ce qui est étonnant ? L'Opéra, genre privilégié qui n'a pas de place dans les cités, apparaît comme une révélation quasi divine à l'héroïne. Impériale dans les opéras tragiques et délurée dans les fantaisies lyriques, Nina suscite l'admiration par un souffle extraordinaire et une beauté charismatique.

Conte de fées des Temps Modernes, ce roman a des airs d'histoire vraie dans laquelle tous les ados désœuvrés des cités dortoirs se reconnaissent.

La gamine des banlieues fait des envieux. Dès sa petite enfance, elle chantait dans les rues, à l'école, dans sa chambre avec un séchoir en guise de micro.

Ce ne sont pas les Amel Bent, les Vitaa ou les Kenji mais contre toute attente, le chant lyrique, qui l'attire. Entonner dans les coursives des HLM La Traviata est une gageure qui suscite les moqueries de ses voisins.

Un jour, elle croise le chemin du producteur des plus grands solistes, Aaron Lévy venu faire un repérage pour le clip de Roberto Alagna.
Et la magie a commencé.

Les jeunes l'adorent, Caroline Lacoste.

Aujourd'hui, l'écrivaine se surpasse pour afficher l'apparence « femme d'affaires » ou plutôt « écrivaine » car elle sait que les photos vont fuser dans la presse et les réseaux sociaux. Elle soigne son image, primordiale pour le succès de ses livres.

Elle délaisse son uniforme habituel, jean et pull cachemire over-size, pour une allure Première Dame, très classique.

A l'occasion de cet événement spécial, elle suit le code vestimentaire, tenue sobre et élégante. Elle veille aussi à ne pas porter les mêmes couleurs que pour les précédentes dédicaces. Difficile challenge à respecter tout au long du Tour de France planifié par son éditeur.

A Rennes, la semaine dernière, elle était vêtue d'un manteau redingote rouge. Aujourd'hui, elle a choisi un ensemble tailleur noir à franges qui sied à merveille à sa silhouette longue et mincissime.

Niveau capillaire, pas de variante, cheveux légèrement bouclés avec une frange qui s'adapte parfaitement aux jolies ondulations châtain.

Elle se contemple dans l'immense miroir de l'entrée, d'un air satisfait. L'impression d'être déguisée et d'entrer en scène comme au théâtre. Elle joue un rôle, ce qui n'est d'ailleurs pas désagréable.

Elle se retourne sur son destin fantastique, même pas rêvé tant il était inespéré.

Loin derrière elle, ses cours d'histoire-géo au collège à des ados boutonneux qui se fichaient totalement de la Seconde Guerre Mondiale, son sujet de prédilection.

Son identité profonde de femme engagée, juive militante sioniste, lui avait fait préférer cette carrière et cette matière en particulier.

Pourtant ce n'est qu'indirectement, que ses ancêtres ont vécu cette période sinistre de l'histoire puisque les Allemands n'ont débarqué en Algérie qu'au moment de la Libération.

Qu'aurait été sa vie si le Général de Gaulle n'avait pas lancé « Je vous ai compris » aux Algériens, invitant manu militari les Français d'Algérie, à rentrer dans un pays où ils n'avaient aucun souvenir ?

Ses chers parents connaissaient la chaleur intense, les terres rouges, les mille et une senteurs épicées, les Shabbat en famille.

Tous résidaient dans le même village, près de Tlemcen, grands-parents, cousins, oncles et tantes.

Ils ont donc vécu en Afrique du Nord jusqu'en septembre 1962, date du rapatriement en France « une main devant, une main derrière » comme rabâche sa mère, Germaine Touati, née Benhamou.

Cette formule imagée indique qu'ils avaient tout laissé derrière eux, biens matériels, défunts enterrés dans des cimetières profanés, magasins et professions… dans ce pays où ils vivaient depuis des lustres.

Leur arrivée, après une traversée traumatisante en bateau, fut couronnée par le mépris des Français qui les baptisèrent de manière péjorative « Pieds-noirs », ignorant qu'ils n'avaient rien demandé. Le choc de l'exode brutal doublé de la découverte du racisme avait installé son père dans une dépression chronique qu'il ne quitta pas jusqu'à sa mort à 58 ans.

Caroline, venue au monde quatre ans après l'arrivée en France de ses parents, en 1966, a suivi des études brillantes mais sans ambition.

Elle cultivait l'oisiveté en dépensant son temps libre à écrire des poèmes en alexandrins ou des chansons dont la première « C'est la fête à Istanbul » préfigurait son attrait pour le thème des différences.

De courtes histoires, plus similaires à des nouvelles qu'à des romans, peuplaient ses cahiers noircis par des textes raturés. Elle a conservé le fameux stylo plume de l'époque, sa muse, l'outil indispensable de son inspiration.

Ça, c'était avant l'ordinateur. Aujourd'hui, elle entretient ce penchant pour l'écriture en pleins et déliés pour ses dédicaces et aussi dans ses carnets, au cours de ses nombreux voyages en train.

Licence d'histoire-géo en poche, elle est donc devenue logiquement professeur en collège.

Elle s'est retrouvée propulsée sur la scène de la littérature dès l'âge de 30 ans.

Son premier roman *Trop cool !* conte les tribulations d'une mère prof et de son ado de fille qui lui en fait voir de toutes les couleurs. Du vécu ! Vocabulaire tendance - Phrases cultes… ont déclenché immédiatement son succès littéraire.

Ensuite, elle a enchaîné un livre par an.

Invitée de l'émission littéraire, *La Grande Librairie*, elle a fait le buzz sur Twitter avec le hashtag #jesuisbanlieue.

- L'écriture me dope. Elle me donne de la force. Elle gomme tous mes problèmes, a-t-elle expliqué à l'antenne.

Les gains de son premier roman, conjugués avec des avances sur parution de son éditeur Grasset qui lui mettait la dragée haute pour écrire le suivant, ont eu raison de sa carrière de prof. Elle s'est donc vue contrainte de démissionner de l'Education Nationale pour se consacrer à l'écriture.

Elle vit aujourd'hui, avec bonheur, de sa passion innée. Une belle réussite qu'elle ne doit qu'à elle seule.

*

8:00
Il est temps de descendre savourer son petit-déjeuner auquel elle veut accorder une bonne heure.

Elle approche son visage de la glace grossissante et lumineuse de la salle de bains. Elle renonce au rouge à lèvres coquelicot en frottant énergiquement sa bouche. Trop c'est trop.

Son éditeur lui a réservé une Suite Executive avec balcon à l'Hôtel de Paris qui jouxte le lieu de la dédicace.

Magali, l'attachée de presse, réunit comme toujours tous les atouts pour que Caroline se sente bien. Elle est chouchoutée. C'est le privilège des auteurs à succès.

Des centaines d'exemplaires ont été livrés directement à la brasserie. Elle n'a rien d'autre à faire que d'être jolie, avenante, souriante pour ses lecteurs.

Sa seule tâche ? Approvisionner en encre noire son stylo plume ou plutôt ses trois stylos plume, tant elle craint la panne au cours de cette séance de signatures.

Elle adore ces rencontres enrichissantes avec ses lecteurs qui connaissent tout d'elle puisqu'ils la lisent.

L'art d'écriture impose une solitude qui lui convient tout à fait. Mais ces événements publics et parfois mondains lui mettent du baume au cœur. Ils lui donnent le goût de l'échange, du partage et de la séduction, si importants à son équilibre.

Elle traverse le lobby, salue le groom et se glisse sous l'auvent de l'entrée.

Quel temps catastrophique ! Le ciel est bas et lourd, gris anthracite, la pluie tombe comme si elle avait décidé de ne jamais s'arrêter.

- J'espère qu'elle ne va pas décourager les lecteurs ! se dit-elle.

Elle roule une cigarette avec une nonchalance d'adolescente qui sied plus au jean qu'au tailleur chic du jour.

- Café et tabac sont mes deux seuls défauts, se plaît-elle à dire pour se donner des circonstances atténuantes.

Elle en profite pour tenter de joindre Elise, sa fille, qui vit loin d'elle depuis deux ans, malgré ses quatorze ans.

Caroline lui a donné le second prénom de sa grand-mère adorée, une femme au mystère jamais dévoilé qui a longtemps intrigué la romancière qu'elle est.

Caroline n'était pas faite pour être mère et a donc eu ce premier et unique enfant à quarante ans, à l'heure où l'horloge biologique criait à l'alerte rouge.

Elise vit en Angleterre, à Eton College, le lycée de prestige, où elle suit une scolarité musicale et générale.

Elle ne rentre chez elle, à Grenoble, que pour les vacances scolaires.

Hasard du destin, elle a, très jeune, été attirée par le piano comme son arrière-grand-mère dont elle porte le second prénom.

Elle rêve d'imiter son idole, Alexandra Dovgan, jeune pianiste de douze ans dont elle dévore les prestations sur YouTube.

Elise est arrivée seconde du concours d'entrée à cet illustre établissement. Le jury a loué sa grâce, sa finesse et sa subtilité de jeu ainsi que son impressionnante maîtrise technique.

Elle partage la vie de quelques soixante garçons et filles, tous prodiges, dont l'âge est compris entre huit et dix-huit ans et issus des pays du monde entier. Elle porte un uniforme du XIXème siècle à la Harry Potter et étudie Dickens et Shakespeare. En quelques mois, Elise s'est mise à parler un Anglais « perfect posh », *fluent* comme elle dit à sa mère, ravie des progrès de son « bébé ».

Malgré ce talent, Elise affiche une humilité touchante, ce qui force l'admiration de Caroline. Pétillante, dès son enfance, elle faisait craquer son entourage avec son irrésistible minois.

A quatorze ans, elle est grande et élancée à l'image de sa maman. Les chats ne font pas des chiens.

Entre Elise et sa mère, règne une fierté réciproque.

Et puis Caroline lui est reconnaissante. Elle qui traînait une angoisse incontrôlée de la maternité et de la responsabilité que cela pouvait engendrer, s'est très vite trouvée rassurée par une enfant sans histoires. Elise s'est élevée toute seule, ni angines ou autres maux de l'enfance, ni difficultés à l'école.

C'est sa meilleure amie. Elles n'ont de cesse de se confier l'une à l'autre.

Côté sentimental, Caroline s'entend très bien avec Edouard Lacoste, son ex-mari, un prof de philo nébuleux, désordonné, très intelligent mais invivable. Elle a gardé son nom par habitude.

Mariée à l'âge de vingt ans, revenir à son nom de jeune-fille, Touati, aurait été compliqué et aurait frôlé la schizophrénie.

Et puis, s'appeler Lacoste lui avait changé la vie. Un nom bien plus facile à porter que Touati.

Une nouvelle identité confortable qui lui évitait la question fatidique « C'est de quelle origine ? » et sa réponse invariable qui clouait le bec de ses interlocuteurs « Je ne suis pas une pièce de bœuf ».

Si elle est cash, elle aime l'ordre.

Edouard, lui, laissait traîner ses chaussettes et ses tasses de café partout.

Il travaillait peu. Il passait son temps sur le canapé devant la télé et les matchs de foot à coups de bière et de chips. Seul geste automatique, « L'Equipe », acheté tous les matins.

Il l'empêchait d'avancer. A ses côtés, elle s'interdisait tout projet. Ils se sont éloignés l'un de l'autre sans rupture tonitruante.

Le jeune homme séduisant avait laissé la place à un personnage bedonnant et débraillé. Elle n'arrivait plus à le désirer même s'ils avaient gardé la même complicité intellectuelle qu'au début de leur union.

Elle réussit finalement, tant bien que mal, à lui faire accepter le divorce.

Déjà à la retraite, car il est de douze ans son aîné, il reste très peu à Grenoble et voyage dans des pays improbables en bon baroudeur qu'il est. Il est devenu une sorte de Mike Horn (*ndlr* le présentateur de M6) qui arrive à vivre à l'état sauvage sans craindre pour sa survie.

Caroline se dit que, lui aussi, doit se satisfaire de leur séparation car elle ne se serait jamais lancée dans de telles péripéties.

Elle le suspecte de s'éloigner volontairement de « la base » c'est-à-dire de leur ville, Grenoble, car il ne supporterait pas de la voir refaire sa vie.

Il est toujours épris d'elle et n'affiche pas la moindre conquête. Cela ne semble pas entrer dans ses préoccupations.

Il lui offre encore un bouquet de fleurs pour ses anniversaires. Il lui fait même livrer régulièrement ses fruits et légumes préférés.

Mariée en 1986, elle divorça dix ans plus tard en même temps qu'elle devint écrivain. Sans doute parce qu'elle ne trouvait ni écoute, ni intérêt de la part de ce mari pantouflard.

Depuis, elle vole d'aventure en aventure sans avoir jamais vraiment partagé la vie d'un autre homme.

On la décrit comme une femme cool, franche et sincère. Obstinée, elle est brute de décoffrage. Elle lance ses quatre vérités à tout perturbateur. Elle compte ses amis sur les doigts de la main.

*

Messagerie en Anglais. Elise n'est pas joignable.

Petit-déjeuner d'hôtel comme elle les aime.

Caroline avec son mètre soixante-quinze est toute en longueur. Aucun problème de ligne.

Le « Breakfast » est son repas favori qu'elle ne louperait sous aucun prétexte.

Elle jette son dévolu sur les pancakes et le sirop d'érable, les tartines à la confiture de framboise, les œufs brouillés.

Son voisin de table lui lance un « Bon appétit » admiratif et amusé tant cette attitude diffère des autres femmes, attentives à tout ce qu'elles mangent.

*

Elle déjeune avec le journaliste du Progrès, Chef du Service Culture, Paul Dumontal.

La *Couverture Presse* est déterminante pour les ventes. Elle s'y soumet donc volontiers. Elle chérit les interviews de ces critiques littéraires, souvent bienveillantes, il faut bien le dire.

C'est Grasset qui régale. Installés dans un espace calfeutré aux tentures bordeaux cossues, à l'abri des regards, ils ne peuvent s'empêcher de s'observer dans les nombreux miroirs qui les entourent.

Caroline se contente de l'entrée du jour, saumon fumé, toasts chauds et bouquet de salade verte.

Le journaliste visiblement affamé, commande, quant à lui, le généreux *Menu Lyonnais* avec rien moins que trois plats de spécialités régionales, roboratives.

Après un café accompagné d'un petit chocolat noir cent pour cent cacao, Caroline se déclare prête à rentrer dans l'arène.

Le restaurant a fermé ses portes à la clientèle pour accueillir l'événement du jour. Le Chef de Rang sort sur le trottoir, la première ardoise annonçant :

Dédicace Rencontre de Caroline Lacoste
1ère Partie : 14h-16h
Tea Time

Caroline a immédiatement validé l'idée de ce principe convivial, en deux parties. De 14 heures à 16 heures, Tea-Time. De 16 heures à 18 heures, Cocktail. De quoi satisfaire ses nombreux lecteurs. Elle est très émue de les rencontrer.

Elle colle son nez à la vitre, impressionnée par la file qui s'amplifie minute après minute sous une pluie battante.

- Ça ferait une belle publicité pour une marque de parapluies, dit-elle au serveur, collé à elle comme un garde du corps.

A la queue leu leu, le public s'agglutine en attendant l'ouverture de la brasserie.

Les portes s'ouvrent. L'autrice est à fleur de peau tel un artiste saisi par le trac avant de monter sur scène.

Elle accueille chacun de ses fans comme un proche qu'elle n'aurait pas vu depuis longtemps et dont elle attend des nouvelles.

Chacun y va de son selfie avec l'écrivaine. Elle est mitraillée par les lecteurs, aux anges d'être enfin devant leur star.

Elle personnalise chaque dédicace à partir de deux ou trois questions à l'intéressé. Caroline affiche ainsi son respect de ses lecteurs qui la suivent souvent depuis ses débuts.

Elle s'enorgueillit de séduire aussi, grâce à *Nina*, un public de jeunes de banlieues, peu férus de lecture et de livres. C'est sa différence à elle.

Chaude ambiance pour arriver jusqu'à la grande table, nappée de tissu blanc damassé, où Caroline dédicace son dernier livre.

Il faut être patient. Une longue procession de lecteurs, ou plutôt faudrait-il dire lectrices (car les hommes se font rares dans cette joyeuse file d'attente) patiente sans impatience.

Ils papotent entre eux et n'éprouvent aucun sentiment d'animosité même si le temps passe. Ils ont dû prévoir large, donc au moins l'après-midi. Certains viennent de loin, Dijon, Valence, Annecy, Genève... Un heureux mélange réuni sous une même flamme.

- Vous aimez Caroline Lacoste ?

- J'adore Caroline Lacoste, ses histoires sont si romanesques et si vraies.

- Dès le premier, j'ai été accrochée. Depuis, je les achète tous.

Un peu plus loin, dans l'allée qui jouxte l'attroupement, une femme au roux tapageur qui voulait sans doute tout simplement prendre son café, s'exclame :

- Moi je suis jalouse. Qu'est-ce que vous lui trouvez à cette nana ?

Les lecteurs ont du mal à s'écarter après avoir obtenu leur récompense suprême et restent à admirer l'auteur. Tant et si bien qu'une foule entoure désormais Caroline.

Ce petit groupe discute avec l'écrivaine, de tout, de rien et en tous les cas pas seulement du livre. Ils veulent tout connaître de leur idole.

L'hôtesse d'accueil en uniforme, chargée de gérer le flux, a jeté l'éponge, semble-t-il. Un bain de foule que chérit Caroline.

Elle se plaît toujours à mettre en exergue la dédicace d'Albert Camus à sa mère illettrée :

A toi qui ne pourras jamais lire ce livre.

Elle peaufine donc ses écrits et s'adresse personnellement à ses lecteurs en évitant les banalités.

Ainsi, chacun montre fièrement à son voisin le texte unique qui lui est dédié. Il se sent important. C'est la raison pour laquelle les dédicaces de Caroline sont de véritables événements partagés sur les réseaux sociaux et la presse.

C'est le moment du Tea-Time.

Caroline rejoint les participants conviés à cette collation par le Grand Café des Négociants.

Un buffet joliment garni d'une douce farandole de sucreries diverses, mignardises, chocolat viennois, oranges pressées… et d'un wedding-cake personnalisé avec le prénom de *NINA*. Bel hommage rendu au dernier né de l'œuvre de Caroline.

L'écrivaine pense à remercier Magali pour son organisation magistrale, par un rapide texto aussi bref que chaleureux.
Touchée au-delà des mots.
Merci !
Caroline

La joyeuse compagnie plie bagage à la reprise de la séance. Ils doivent laisser la place aux suivants.

Changement de l'ardoise sur le trottoir.

Dédicace Rencontre de Caroline Lacoste
2ème Partie : 16h-18h
Cocktail

Caroline ne se doute pas encore des bouleversements à venir.

La queue reste intarissable. Tout ce petit monde cosmopolite et de différents âges pénètre fièrement dans la première pièce de l'immense brasserie. Ils ont gagné. Tant pis pour les retardataires !

La porte à double battant se referme derrière eux. Privatisation oblige. La salle est bondée. Ceux du fond ont du mal à discerner l'écrivaine.

Elle dédicace plus vite que son ombre avec une inspiration toujours renouvelée pour surprendre chacun de ses lecteurs. Aucun ne doit être négligé.

Elle s'applique à ce que le texte tienne la page entière, la page trois, en cernant le titre, de sa plume affutée. Quelques lignes en haut, et le reste, dont la signature, sous le titre.

Elle croule sous les photos des fans, avides d'immortaliser l'instant, comme si elle était Beyoncé ou Demi Moore.

Le cocktail bat son plein. Le public mange, boit, piaille dans un bruyant tintamarre qui marque le succès de l'entreprise. Caroline est enchantée et se prépare à les saluer pour prendre son train.

Pris de remords, un groupe s'enquiert de nouveaux livres à offrir. Dédicacé, cet objet devient un cadeau de valeur. Il faut donc en profiter.

*

Son rythme effréné s'immobilise au son du carillon retentissant de la porte d'entrée.

Le café a tenu à garder ce cachet qui marque l'empreinte historique de l'établissement.

Elle lève les yeux, interloquée par l'arrivée tardive d'un individu si imposant qu'il domine l'assemblée entière. Il semble s'être égaré. Il jette un regard sur la salle. Caroline s'attend à ce qu'il ressorte. Mais non !

Sa tête reste couverte d'un chapeau Stetson noir, si trempé que l'eau dégouline le long de sa silhouette. Il paraît jaillir des affres d'un cyclone.

Il secoue subrepticement son interminable trench de cuir que n'aurait pas renié Charles Bronson dans « Il était une fois dans l'Ouest ».

Il est inondé de la tête aux pieds mais n'en demeure pas moins d'une élégance naturelle et noble qui illumine l'horizon de Caroline.

Grand, élancé, d'une blondeur scandinave, il détone dans une assemblée qui semble soudain sombre, dénuée de toute couleur, floutée.

Son apparence ténébreuse contraste avec le côté angélique de sa chevelure dorée. Lissée à souhait, sa coupe ultra courte ne laisse la place à aucune mèche rebelle, ce qui confère au personnage une rigueur saisissante.

Caroline n'a d'yeux que pour lui. Elle est glacée, entre stupeur et fascination.

Elle se fait gentiment rappeler à l'ordre par une dame d'environ quatre-vingts ans qui lui explique qu'elle est pressée et qu'elle n'a pas « que ça à faire ». La première renfrognée de la journée.

L'autrice sursaute comme si on l'avait réveillée au milieu de ses rêves.

En professionnelle, elle s'excuse et s'exécute. Sa seule punition est la dédicace informelle qu'elle lui rédige, la tête ailleurs :

A Rose
Avec toute mon amitié
Caroline Lacoste

De toute façon, son esprit est embrumé.

Elle ne voulait pas baisser la tête de peur de voir disparaître cet homme étrange qui venait de semer le trouble dans tout son être.

Et voilà ! Elle ne discerne plus sa silhouette même en se levant. En plus, la foule est pressante car on est à dix minutes de la fin des festivités. Ceux qui ont fait la queue durant des heures sous un temps exécrable ne veulent pas repartir bredouille.

Le Chef de Rang se décide à annoncer la fin de la dédicace sinon l'événement pourrait durer toute la nuit.

Magali l'appelle pour s'informer de la tournure de l'après-midi. Caroline la félicite pour cette opération organisée de manière professionnelle.

- Je n'ai pas évalué le nombre de dédicaces mais à raison d'un livre toutes les deux ou trois minutes sur quatre heures, tu peux faire le compte !

Chaque livre dédicacé fait boule de neige sur les ventes. Il engendre dix livres au moins de vendus sur des canaux divers, librairies ou Internet.

Le Directeur du Grand Café des Négociants lance un énième appel au micro pour inviter chacun à sortir. Puis il tapote fermement sans interruption sur la clochette du comptoir comme s'il jouait à un quizz télé.

La brasserie va retrouver sa véritable fonction pour accueillir ses clients à l'heure de l'apéro du samedi.

L'écrivaine se lève, tout en rangeant méticuleusement stylos, cartes de visite et même présents de ses fans très généreux.

Elle a encore été gâtée avec des peluches adorables, des cadeaux insolites ou des bibelots kitchissimes comme des boules de neige de toutes les villes du monde.

Caroline les conserve précieusement. Dans son bureau, plusieurs étagères sont consacrées à ces objets qui s'entassent joliment comme dans une boutique de souvenirs. Elle l'appelle fièrement son « meuble à trophées ». Ce sont ses Oscars à elle.

Tout à coup, une voix virile et claire l'interrompt dans son rangement. C'est lui !

Il s'empare d'un livre de la pile, sur la table, lui tend sans un mot.

Subjuguée par son regard bleu perçant, Caroline s'enquiert de son prénom. Elle toussote pour éclaircir sa voix qu'elle pressent emplie d'émotion.

Son visage se colore en un fard incontrôlable. Dès que Caroline ressent un trouble, elle rougit. Un aspect enfantin qui la met dans tous ses états et contre lequel elle essaie de lutter, en vain.

- Ma-xi-me

Il articule son prénom sans même se pencher vers elle.

Mais qui est-il ? Un lecteur assidu ? Un dragueur qui a jeté son dévolu sur elle à travers les réseaux sociaux ? Un journaliste ?

Il est différent de toutes les personnes qu'elle rencontre au hasard de ses tournées littéraires.

Il porte la barbe de trois jours comme personne. Grisonnante, elle lui donne un style à tomber et lui va à ravir. Caroline est bouche bée devant un tel charisme que tous les hommes envieraient. A faire fondre la gent féminine.

Elle se doit d'être prudente car elle est un personnage public et donc exposé.

Il reprend le livre et lui remet une carte de visite, de l'autre main, toujours gantée de cuir noir. Abasourdie, Caroline s'empare du bristol.

Elle s'était rassise sans le réaliser, tellement ses jambes étaient en coton.

Le temps de baisser les yeux pour lire le message, il s'évapore comme dans un songe.

J'aimerais vous rencontrer, vous connaître davantage. Demain à la Brasserie de l'Est, à 18 heures. Vous verrai-je ?

Elle engloutit au fond de sa poche, la carte qu'elle a pliée nerveusement en quatre. Elle a peur de l'égarer et surtout de la confondre avec les autres billets reçus tout au long de la séance.

Caroline n'a nullement l'intention de passer un jour de plus à Lyon.

Son train part à 19h15 de la Gare de la Part-Dieu.

Elle reprend le dessus, se dirige vers le directeur de la brasserie pour le remercier de son accueil « au top », comme elle aime dire dans un langage digne de son lectorat de jeunes.

Son taxi l'attend depuis déjà un bon quart d'heure.

Elle file, très satisfaite de ce moment toujours exceptionnel, mais encore plus cette fois-ci… en raison du lieu cosy et historique mais aussi de l'apparition insolite de cet homme sorti de nulle part, au profil singulier.

Le trajet entier se passe à lire et relire le message de l'intrus de la dédicace. Cette vision a éclipsé tous les échanges de l'après-midi.

*

La nuit portant conseil, elle se réveille, bien décidée à se rendre à ce rendez-vous. Si elle ne le faisait pas, elle le regretterait certainement toute sa vie.

Ce n'est qu'à travers ses romans que, jusque-là, elle apporte du peps à l'existence quasi monastique qu'impose l'écriture.

Si le destin lui offre un peu de piquant, pourquoi lui tourner le dos ?

- 18 heures ?

Cette heure ne lui convient pas du tout car elle sera dans l'obligation de prendre sa voiture et elle déteste rentrer dans la nuit. Qu'importe ! Elle réservera un hôtel.

Dans ces moments-là, Caroline vénère sa condition de célibataire. Elle n'a aucun compte à rendre. Elle fait ce qu'elle veut.

Elle se trouve d'ailleurs bien sage par rapport à cette liberté d'esprit et de corps. C'est vrai que ses romans l'absorbent totalement et qu'elle s'épanouit à travers son imagination toujours fertile. Ses héros dont elle trace l'avenir, de sa plume forte et avertie, suffisent à son bonheur depuis toujours.

L'article du Progrès est déjà sorti. Il est annoncé à la « Une », qui plus est.

- Waouh !

Flattée, Caroline est surtout consciente de cet impact colossal pour le lancement de *Nina 2*.

La présentation du roman se veut élogieuse et la photo de Caroline posant avec ses fans attire le regard.

Le dimanche s'annonce sous les meilleurs auspices.

L'excitation grimpe à son comble dès le petit-déjeuner succinct (aujourd'hui, elle n'arrive rien à avaler) en prévision de la perspective du soir avec *l'Inconnu du Café des Négociants.*

Elle l'avait baptisé ainsi lui donnant le rang convoité de héros romanesque, à l'instar de *l'Inconnu de l'Orient-Express.*

Il n'a laissé aucune coordonnée, ni téléphone, ni adresse mail. Nul moyen donc de décaler l'heure ou de s'excuser de son absence.

Fin stratège ! Un limier expérimenté dans l'Art de la Rencontre.

Ou elle se rend au rendez-vous ou elle ne le verra plus. Après tout, elle ne risque rien. Il n'a pas choisi un lieu isolé, un parking, une forêt, un hôtel sordide.

C'est décidé ! Elle se rendra à cette invitation même si elle se sent chamboulée depuis cette apparition à laquelle elle ne cesse de penser.

Par bonheur, la tempête diluvienne de la veille a cessé. Elle va pouvoir s'habiller de manière estivale, bien décidée à le surprendre.

Il l'a découverte en tailleur, veste et jupe classiques, digne du look « écrivain ». Elle doit incarner une femme différente.

Elle ouvre grand son dressing et l'examine comme si elle ignorait tout de sa garde-robe. Elle affiche résolument deux catégories, celle minimaliste de « tous les jours » et celle plus chic des sorties officielles.

- J'ai rien à me mettre !

Cette remarque la fait invariablement sourire. Elle la ramène à sa fille Elise et ses virées avec son amoureux Thibault qu'elle a pourtant abandonné sans état d'âme pour partir en Angleterre. Caroline n'aurait pas eu ce courage à son âge.

D'ailleurs, elle se conforte dans sa faiblesse légendaire en acceptant ce rendez-vous incongru. Une réaction d'adolescente, et encore…

Opter pour des habits colorés et gais ! Un coup de jeune en quelque sorte. Pas question de broyer du noir pour cette entrevue qui promet d'être à marquer d'une pierre blanche.

Elle ne le connaît pas. L'étonner ne veut pas dire risquer de lui déplaire. Elle doit surfer sur le naturel d'un dimanche, conjugué à une élégante féminité. Oui, les hommes adorent tous la féminité !

Elle est certaine de ne pas faire d'erreur en respectant ce précepte.

Elle profite de sa bonne mine retour de vacances en ce mois de septembre, pour adopter un total look blanc. Classe garantie.

*

Elle saute dans sa voiture country au rouge clinquant, très british avec ses rétroviseurs aux couleurs de l'Union Jack. Un choix qui lui ressemble.

Climatisation à fond avec la chaleur retrouvée et chansons romantiques…

Le bonheur est à son comble. Un vent d'excitation mêlé d'inquiétude et d'impatience souffle dans la tête de Caroline.

Persuadée qu'elle s'envole vers une nouvelle Histoire (avec un grand H), Caroline bénit sa chance de vivre des sentiments d'exultation semblables.

Bien ou mal, parions qu'elle comptera. Elle a bien besoin de ça en ce moment !

Elle gamberge, tout en conduisant plus rapidement qu'à l'habitude, pressée à l'idée de cette soirée.

- Retour à la case départ, se dit-elle. Dormir sur place aurait été plus simple… Bref ! Cessons de tergiverser.

Elle n'avait pas tous les atouts en main hier pour réfléchir.
Et puis, le soleil prenant la relève sur le jour de pluie, elle voit la vie en rose, avec une humeur résolument positive.

Elle se sent lumineuse, invincible, séduisante, prête à affronter le charmant *Inconnu du Café des Négociants.*

2.

Plus l'heure du rendez-vous approche, plus le cœur de Caroline bat à tout rompre. L'angoisse monte heure après heure, bien plus que pour une interview télé ou une conférence devant un parterre d'étudiants déjà surdiplômés.

Elle a l'impression de jouer son destin aux cartes. Elle mise sur lui comme au poker ou au casino. La tournure de cet entretien tiendra autant à sa faculté à capter son attention et à le séduire, qu'à la chance et au hasard.

C'est en tous les cas dans cet état d'âme que la dynamique Caroline affronte le *D-Day* (*ndlr* prononcer *di day* Jour J en Anglais) comme elle a nommé ce dimanche inhabituel.

Elle s'est même surprise ce matin à consulter avec ferveur l'Horoscope Solaire du magazine « Elle » pour connaître les prévisions de son signe astrologique.

Vénus et Neptune, les bienveillantes, se sont concertées afin de vous apporter ce qui se fait de mieux sur le plan privé, en matière de délicatesse, de douceur et de charme. Il est même possible d'y entrevoir une façon d'attirer la chance. Saisissez, sans vous poser trop de questions, toutes les occasions de voir la vie en rose, et vous ne serez pas déçue.

Le ciel est donc bien aspecté pour ces retrouvailles au sommet.
Par bonheur, la Brasserie de l'Est est située aux Brotteaux, Place Jules Ferry, avec un stationnement pile devant l'entrée. Elle pourra se garer aisément.

Lyon est une bien plus grosse métropole que Grenoble. Aucune possibilité de poser son véhicule en centre-ville hors des parkings souterrains, sinusoïdaux, à plusieurs étages, impressionnants pour la conductrice inexpérimentée qu'elle est.

C'est sa faiblesse à elle.

Caroline est peu habituée aux déplacements, seule, en voiture. Elle préfère le train ou l'avion. Ses voyages en voiture se font souvent à plusieurs, avec l'équipe des Editions Grasset ou des amis. Un bon procédé pour laisser le volant à quelqu'un d'autre.

Elle jette un œil sur sa montre qui affiche une énorme avance. Il est seulement 16 heures. Elle qui avait peur d'être en retard, est partie beaucoup trop tôt. De toute façon, elle ne savait plus quoi faire à Grenoble. Elle tournait en rond dans l'attente du départ.

Elle opte pour un petit tour en ville. Si elle attendait dans la voiture, il pourrait l'apercevoir et penser qu'elle correspond au stéréotype de la fille qui n'a jamais de rendez-vous avec un homme.

Elle préfère se garer vers 18 heures pile pour se présenter au bel Inconnu du Café des Négociants, environ dix minutes plus tard.

Caroline se dresse en stratège expert. Elle doit être vigilante pour ne pas faire d'erreur. Il s'agit de la jouer fin.

Peut-être sera-t-il déçu en la voyant de près ? Peut-être est-il juste un dragueur invétéré qui rigole déjà de sa naïveté d'être tombée dans le panneau d'un tel rendez-vous ? Peut-être est-il un tueur en série ?

De toute façon, elle est venue avec sa voiture. Il est hors de question qu'elle se laisse entraîner ailleurs dans son véhicule à lui, même si elle devait tomber sous son charme.

Caroline fait de l'auto-persuasion pour se rassurer sur son bon sens, craignant d'être touchée par la grâce. Pas question d'agir comme une ado attardée. Témoigner, au cours de ce premier entretien, d'une impassibilité et d'une distance solides, au risque de lui faire croire à son indifférence.

Elle se sent désormais invulnérable et sexy dans son ensemble blanc immaculé.

*

18:15

Elle s'annonce à la réceptionniste très digne dans son uniforme noir avec badge doré.

Elle ne le discerne pas dans le restaurant, pourtant pratiquement vide à cette heure-là.

Peut-être n'est-il pas encore arrivé ? Peut-être ne viendra-t-il pas ? Peut-être était-ce un piège ? Elle aura fait toute cette route pour rien. Pauvre naïve qu'elle est !

- Je suis attendue. Est-ce qu'on m'a demandée ? Caroline Lacoste…

La jeune fille fait volte-face.

Elle désigne du doigt un homme de dos, accoudé au bar donnant sur les cuisines ouvertes.

Un vrai spectacle en soi de contempler l'agitation des cuisiniers et le Chef qui leur donne des consignes au micro.

Les poulets de Bresse tournent et retournent dans l'immense broche, dégageant déjà une odeur terriblement appétissante. Quelques habitués qui ont coutume de savourer un verre de vin à cet emplacement de choix attendent l'heure du dîner dans ces premières loges.

- Regardez, juste là...

Caroline adore cet endroit et se réjouit déjà du bon goût de son hôte. Le choix du lieu est capital pour déceler une personnalité.

L'ancienne Gare des Brotteaux où l'Est a pris ses quartiers invite au voyage et aux gares d'autrefois.

Malgré son anxiété, elle ne peut s'empêcher de contempler le décor, le petit train à vapeur qui fait le tour du restaurant, les horloges qui indiquent l'heure aux quatre coins du monde.

L'inconnu a-t-il voulu lui envoyer un message avec cette invitation au voyage ?

Elle se plante face à lui, d'un peu trop près d'ailleurs. Elle aurait dû s'arrêter avant.

Le réalisant, elle fait deux pas en arrière et lui décroche d'une voix limpide à l'assurance non feinte :

- Voilà ! C'est moi ! Je suis là. J'espère que je ne suis pas trop en retard. Il y avait du monde sur la route.

Elle se dit qu'elle démarre mal. Pourquoi autant d'explications ? Lui, n'a pas ouvert la bouche pour l'instant. Il la toise de toute sa hauteur olympienne.

Dès son arrivée, il s'est levé du siège haut où il était assis, un peu en équilibre. Il avance un autre tabouret près de lui et l'invite à s'asseoir d'un simple geste de la main.

Quelle classe naturelle ! On sent qu'il ne fait aucun effort pour afficher une telle distinction.

- Je crains qu'on n'ait pas le choix pour l'instant. On devra se contenter du bar. Le restaurant n'est pas ouvert.

Il cultive des manières très gentleman. Il pivote face à elle pour pouvoir lui parler. Leurs jambes se frôlent. Elle se décale.

- Vous prenez quoi ? Moi je suis au Tariquet.

- Euh ! Oui… Pareil…

- Christophe, vous servez la même chose à Madame ?

Le garçon, aux attentions mythiques du personnel issu de l'Ecole Hôtelière, s'exécute immédiatement.

Voilà le signe qu'il connaît ce restaurant, qu'il est même bon client et qu'il est reconnu. Elle peut donc décocher la case « Tueur en série ».

Il n'est toujours pas rentré dans le vif du sujet. Il ne s'étonne même pas qu'elle ait répondu à son invitation cavalière. Il domine la situation.

Elle savoure une gorgée du vin blanc moelleux idéalement frais.

- Humm ! Il est excellent.

Il la regarde et acquiesce juste d'un léger sourire, marquant que son choix était une évidence.

Caroline laisse ses yeux se hasarder dans l'ambiance de la célèbre brasserie au va-et-vient incessant. Parfois, ils s'arrêtent discrètement sur lui et sa nouvelle allure.

Aujourd'hui, dimanche oblige, il se veut un rien nonchalant.
Il porte une tenue décontractée, jean et T-shirt. Il revêt malgré tout une classe étonnante, chaussures impeccablement cirées et veste habillée avec pochette. Cela fait bien longtemps qu'elle n'a pas côtoyé un homme qui porte des pochettes !

Le mystère s'épaissit. Qui est cet individu ? D'où vient-il ? Que fait-il ? Pourquoi ce rendez-vous ? Pourquoi s'intéresse-t-il tout à coup à elle ?

Pourtant elle rechigne à faire le premier pas. Comme pour une partie de tennis, elle attend qu'il serve.

Son silence pèse au moulin à parole qu'elle est. Comment avoir une contenance face à quelqu'un qui vous lance des regards dérobés et qui n'échange pas ?

C'est un genre qui la dépasse. Impossible de savoir vraiment ce qui se trame dans sa tête.

Elle avait imaginé mille situations mais pas un tel comportement. Elle se retrouve déconcertée, ne sachant quelle attitude adopter en retour.

S'il continue à s'enfermer dans son mutisme et ses regards dévastateurs, elle se verra dans l'obligation d'intervenir en premier.

Pourtant elle veut éviter le questionnaire. Il n'est pas interviewé.

Elle se décide, l'heure tournant, à enclencher la conversation.

- Ça vous arrive souvent de donner rendez-vous à des inconnues sans transmettre votre numéro de téléphone ni le moindre contact ? Qu'est-ce qui vous faisait penser que je viendrais ?

Son regard noisette pailleté d'or est incisif et se veut blessant. Voilà de quoi le faire redescendre sur terre.

D'un fair-play à toute épreuve qui sied à son flegme britannique, Maxime pose délicatement son verre, quasiment plein, sur le bar.

Celui de Caroline est déjà vide. Elle se mord les lèvres en constatant cette erreur fatale.

Caroline est ainsi faite. Ni mystérieuse glamour, ni froide bourgeoise. Son indépendance de longue date en a fait une femme bien dans ses pompes.

Une cinquantenaire qui boit, qui fume des clopes et qui baise. C'est ainsi que sa meilleure amie, Gina, la qualifie en riant à gorge déployée.

Ce qui ne l'empêche pas d'être sexy aux yeux de ses nombreux prétendants auxquels elle ne s'attache pas. Elle a tenu jusque-là à ne partager son espace vital avec personne - en dehors de sa fille.

Elle cultive un côté ermite qu'elle chérit.

Elle remarque « Le Monde Diplomatique » qu'il a plié devant lui en l'attendant.

Il devait donc s'impatienter, voire s'inquiéter, à l'idée qu'elle ne viendrait pas. L'imaginer empli de doutes lui fait reprendre le dessus et lui procure une certaine satisfaction.

En tous les cas, ce genre de lectures n'est destiné qu'à une certaine élite. Elle s'empresse de bâtir un profil à l'aide des indications qu'elle observe.

- Pourquoi j'ai pensé que vous alliez venir ? Sans doute mon naturel optimiste…

Et voilà ! Il lui ferme son caquet avec cette répartie magistrale qui n'ouvre pas au débat.

Elle retrouve cette gêne qui l'étreint depuis son arrivée.

Elle décide d'être cash, fidèle à son image. Lui faire peur pour le pousser dans ses retranchements.

- Je vais vous laisser… Il est déjà 19 heures…

- Déjà ? Vous êtes pressée ? Je pensais qu'on dînerait ensemble. J'ai plein de choses à vous dire.

Bingo ! C'est gagné ! Il lui a fallu une heure pour faire décrocher à cet énigmatique personnage une phrase entière.

Déjà que son attitude lors de la dédicace était plus que surprenante, elle languissait qu'il se dévoile.

Il est décidément hors normes ! Elégant mais pas trop. Intellectuel mais pas péremptoire. Qui est-il vraiment ?

Il lui tend la carte des boissons tout en poussant son verre toujours plein.

- Un cocktail pour vous faire patienter ?

Il interpelle le serveur :

- C'est d'accord pour le dîner, Christophe. Vous nous réservez une table pour deux vers 20 heures. Merci !

C'est une affirmation et pas une question. Elle parcourt la carte et commande un Saint-Joseph arguant qu'elle n'aime pas les boissons sucrées.

- Vous préférez peut-être une coupe ?

- Ah oui ! Une coupe c'est bien !

Caroline s'enthousiasme, changeant d'avis devant cette proposition ultra tentante.

- J'aime que les choses ne se passent pas comme prévu. J'avais envie de bousculer mon train-train et de venir vous rendre visite. J'ai sauté sur l'occasion de votre passage à Lyon pour me décider, voilà tout !

Cette explication laisse Caroline pantoise. Pourquoi la rencontrer provoquerait-il ce bouleversement de son quotidien ?

Le doux cliquetis du tchin-tchin des deux verres apporte de la légèreté à leur face à face.

- J'adore les dérapages. J'ai toujours envie qu'un moment normal se transforme en une période unique.

- Belle vision de la vie !

- C'est pourquoi j'ai osé vous remettre mon invitation samedi. Nous sommes là tous les deux ce soir et ça c'est extraordinaire. Vous en pensez quoi ?

Exposé de cette manière, l'aveu de Maxime devient légitime. Caroline ne peut qu'acquiescer. Elle aussi, ressent cet enchantement qui fait qu'on meurt d'envie de prolonger l'instant présent.

- En fait j'ai une requête à vous faire. Mais nous serons mieux autour d'un bon repas pour discuter de tout ça.

Ils se dirigent tranquillement vers la petite table carrée, nappée de tissu blanc. Elle invite à un tête-à-tête collé-serré.

Il la devance, toujours au fait du be à ba du savoir-vivre. Il tire à lui la chaise bistrot qu'il lui présente tout en la priant de s'asseoir puis se dirige vers l'autre.

Des égards auxquels Caroline n'est pas accoutumée. De nos jours, cette galanterie semble désuète et elle reste exceptionnelle. Pourtant quel régal de susciter autant de considération ! Décidément, cet homme semble sorti de nulle part.

Le garçon, si jeune qu'il ne semble même pas majeur, mais néanmoins tiré à quatre épingles, applique un service irréprochable.

Il leur apporte l'essentiel selon Bocuse, une panière de tranches de pain de toutes sortes, pour satisfaire les goûts différents de l'exigeante clientèle.

Pain aux noix, aux olives, blanc, complet… accompagné de beurre salé d'Isigny et du péché mignon de Caroline, les olives aux amandes, aux poivrons et aux cornichons.

Elle s'émerveille des serviettes brodées au nom de la Brasserie de l'Est, blanc sur blanc. Le raffinement règne sur cette soirée. Elle est au septième ciel.

Elle se demande cependant ce qu'il attend d'elle, tout en ayant chassé son angoisse.

Caroline apprécie les bonnes tables. Sa minceur, elle la doit à une nature mais aussi aux journées où elle oublie de manger, captivée par l'écriture et l'intrigue de ses histoires qu'elle cisèle de sa plume affûtée.

Elle parcourt, alléchée, la « Carte du Dimanche » de l'Est.

- Je suis gourmande !

- Si vous mangez beaucoup, en tout cas, ça ne se voit pas du tout ! Vous avez vraiment un corps de top model !

- Vous êtes pas mal non plus.

Caroline est soulagée de reprendre ses esprits.

Il lève son regard qui était penché sur le menu. Il lui décroche un sourire ravageur de ses yeux bleu lavande. Elle se demande comment il peut voir avec des yeux aussi clairs, transparents presque.

Elle analyse cette attitude comme un merci.

Ils optent d'un commun accord pour le Menu du Dimanche, entrée, plat, dessert avec le clou du Chef, le fameux Poulet de Bresse Rôti à la Broche.

- Chic ! Il n'y a pas de porc, se dit Caroline.

Elle ne souffle pas mot de son appartenance juive. Pourquoi se livrer, alors que lui, est si avare de confidences ?

Elle est aussi brune que lui est blond. Aussi fougueuse que lui est posé. Aussi amusante que lui est sérieux. Le mariage de la carpe et du lapin. Le yin et le yang.

- Vous étiez aussi grand la dernière fois ? Vous mesurez combien ?

- Environ dix centimètres de plus que vous… Et comme vous portez les talons à merveille, je crois que, si nous nous mettons face à face, vous arrivez à la hauteur… de mon menton.

L'art de transformer les choses simples en tournures tarabiscotées.

Ses lèvres, à peine charnues, semblent dessinées au pinceau d'un artiste peintre. Comme le reste de son visage. Il est d'une finesse rarissime pour un homme.

Elle aimerait le questionner sur ses origines mais elle ne veut pas tomber dans les travers subis à cause de son nom de jeune fille « exotique ».

Dîner gastronomique et bon vin ont raison de sa froideur. L'humour décapant de Caroline le fait craquer.

- Votre sens de l'humour est à la hauteur de votre beauté !

- Tu…

Caroline s'interrompt immédiatement après cette nouvelle entrée en matière familière.

- Oui, on peut se tutoyer. Dans votre domaine, ça doit être courant. Dans le mien, un peu moins mais je vais essayer de m'adapter à cette belle coutume.

C'est quoi son domaine ? Il sait tout d'elle. Elle, rien de lui. Il n'en dit pas plus, n'étayant pas sa réflexion.

Caroline voit le temps défiler. Elle prend le taureau par les cornes pour satisfaire sa curiosité.

- Si tu me disais maintenant pourquoi tu t'intéresses à ma petite personne…

- Oui… Bien sûr… J'étais tellement détendu que j'en ai oublié le prétexte de notre rencontre.

Il vient maladroitement de se trahir. Il a donc trouvé un « prétexte » pour la voir…

Etonnante cette erreur, sachant la maîtrise qu'il semble avoir sur ses mots et ses gestes.

Lui aussi succombe au charme déjanté de Caroline.
Elle avait tout prévu sauf cette harmonie paradoxale qui confirme décidément que les opposés s'attirent.

- Je cherche quelqu'un qui voudrait écrire la bio d'une amie.

- C'est une demande que j'ai souvent.

- Je t'ai remarquée sur Facebook et sur Instagram. J'ai suivi ton parcours. J'ai lu ton best-seller « Nina »… Bravo ! Je l'ai dévoré d'une traite.

- Merci ! Ça me touche !

- J'ai donc pensé que tu serais l'écrivain idéal pour relever ce challenge. Quand j'ai vu que tu venais à Lyon où j'habite, j'ai sauté sur l'occasion.

Il semble réciter cette explication comme une leçon. Il débite sa tirade d'un trait, en abondant, pour une fois, de justifications.

Pourquoi mentirait-il ? Oui, l'explication est cohérente. Loin derrière elle, ses suspicions de serial killer ou de dragueur professionnel.

Prétexte ou pas, Caroline refuse de s'interroger sur les vraies raisons de cette apparition lumineuse dans une vie privée devenue terne. Elle savoure chaque instant dc cette soirée comme un petit bonheur.

- Je suis très flattée ! Ecrire ça prend du temps, tu sais. Mais si la vie de ton amie en vaut la peine, pourquoi pas ? En deux mots… Tu peux m'en dire plus ?

- Bien sûr ! Mais là il est tard. Si on terminait plutôt ce moment sympa à discuter à bâtons rompus.

- Oui… Avec plaisir !

- J'adore ton rire. J'ai lu que ce n'est pas la beauté d'une femme qui ensorcelle, mais sa noblesse. Et toi, tu en débordes.

Caroline pique un fard comme toujours, au moindre compliment.

- J'aime ta générosité, ton humour, ta manière de manger, tes piques sans détour.

Il se livre sur son rapport au temps qui passe. Caroline boit ses paroles. Ils ont sensiblement le même âge. Il n'a plus le temps. Elle non plus.

Les tables se libèrent.

Le tumulte de la brasserie a laissé la place à un doux bourdonnement. Un éclairage tamisé met juste en valeur le train à vapeur qui tourne de manière inlassable au-dessus de leurs têtes.

Valse du bonheur. Vertige de cette rencontre. Caroline est ivre, non du vin qu'ils ont bu mais de ses paroles, de cette rencontre avec ce personnage extraordinaire qui vient de débouler dans sa vie.

Il la raccompagne à sa voiture. Il lui tend la main puis la laisse tomber sur sa silhouette longiligne. Il s'approche finalement de son visage.

Il pose ses lèvres sur sa joue, rougie par les heures passées à la réconfortante chaleur du restaurant.

Ne voulant pas arrêter là une si belle rencontre, il brave le refus de Caroline en lui proposant :

- J'habite près du Parc de la Tête d'Or dans un très grand appartement.

- Ah oui ? En pleine ville alors ! Je suis une vraie citadine. Alors je te comprends.

- Si tu es dispo, on pourra travailler ensemble sur le projet du biopic de mon amie. Je peux mettre une chambre à ta disposition.

Elle hésite. Il renchérit.

- Tu me poseras toutes les questions que tu veux. J'espère que tu voudras immortaliser le drame de cette femme au rayonnement immuable… Shakespearien… Tu verras !

Caroline fait mine de consulter l'agenda de son téléphone. Sans lunettes, elle n'y voit rien. Elle finit par accepter de se prêter au jeu de l'interview au cours d'un week-end chez lui.

Une façon de poursuivre en douceur cette soirée étonnante.

C'est lui qui trouve les solutions pour entretenir leur relation. Il ne tarit pas d'idées pour la prolonger.

Direction, Mercure de la Gare Perrache, seul hôtel où elle a pu trouver une chambre.

Elle s'endort dans les étoiles, pleine de leurs échanges intarissables et du charme de cet irrésistible Inconnu du Café des Négociants.

Vivement samedi prochain !

3.

Lundi matin. Nouvelle semaine après ce week-end exceptionnel.

En rentrant de Lyon, Caroline a retrouvé un appartement en vrac… Tellement obnubilée par le rendez-vous avec son Inconnu, elle n'avait pas eu le goût de ranger. Contrairement à ses habitudes, son appart' de célib' qui ressemble plus à un loft, se retrouve sens dessus-dessous.

Il est temps de remettre de l'ordre dans son intérieur, à présent que ses craintes sont dissipées.

L'Inconnu du Café des Négociants a des airs d'idéal masculin, beau, intelligent, courtois.

Oui, c'est possible, un homme comme ça ! se persuade Caroline, totalement séduite.

Elle parcourt le texto de Maxime :

Chère Caroline,
Quelle soirée inoubliable !
Rentre bien et à très vite !
Maxime

- Waouh !

Un message, Vieille France à souhait, qui illustre parfaitement sa personnalité hors du temps.
Ce SMS est l'occasion de récupérer enfin son numéro de téléphone. Car, elle y pense maintenant, il ne lui a toujours pas donné son nom de famille ni aucune coordonnée.

Elle ne possède pas d'élément pour le retrouver en cas de disparition prématurée. Juste son bon vouloir. Ce qui l'incline encore et toujours à la méfiance.

Elle se hâte d'enregistrer son mobile dans ses contacts sous le nom :
Maxime
Inconnu du Café des Négociants
Elle le retrouvera facilement.

Elle n'a pas eu la présence d'esprit de le prendre en photo avec elle ou tout seul. Elle s'en mord les doigts.

Elle qui ne se sépare jamais de son téléphone, était tellement subjuguée par ce personnage hors du commun, qu'elle en a perdu son réflexe « selfie » à tout bout de champ.

Il signe de son prénom *Maxime.* Il n'est pas du genre à s'accorder un diminutif. Un *Max* aurait été inadapté à sa distinction.

Peut-être Maxime est-il cependant l'abréviation du prénom le plus noble qui soit, *Maximilien* ? Maximilien d'Autriche, le Prince de la Maison des Habsbourg.

Pour cette férue d'histoire, voilà un nom de baptême, lourd de sens. Il pourrait être Autrichien d'ailleurs, avec son physique d'éphèbe.

Une heure plus tard, un jeune homme pressé sonne sans discontinuité à sa porte. Il lui tend hâtivement un bouquet de fleurs aux tons rose pâle. Il semble débordé par ses livraisons.

La carte, glissée dans le papier de soie, la transporte de ravissement.

Des roses pour apporter une touche de douceur sur cette semaine.
Si impatient de te revoir !
M.

M. Quelle noblesse ! Il affiche toujours ce même aplomb en se contentant d'une initiale. Comment peut-il être certain qu'elle le reconnaîtra par cette simple lettre et qu'elle ne l'associera pas à un autre M… Michel ou Mathieu… ?

Les textos de son Inconnu fusent. Dix la première journée ! Jusqu'au vendredi suivant, elle s'amuse à les compter. Elle arrive au chiffre vertigineux de trois cent cinquante messages, courts mais efficaces, dans un Français littéraire avec des phrases entières commençant toutes par « Chère Caroline »…

Aucun acronyme moderne « lol », « cool », « mdr », comme tout individu de nos jours, ne vient agrémenter ses tendres pensées.

Caroline continue de vibrer chaque jour un peu plus pour lui. Un état qui lui était étranger depuis des années. Elle se demande même si elle a déjà ressenti un tel trouble.

De mémoire, personne ne lui avait fait cet effet dévastateur.

Le mystère autour du personnage s'ajoute à ce sentiment incontrôlable qui fait qu'on pense à l'autre en permanence.

Elle prépare assidument sa valise trolley, parfaite pour deux jours. En fait, elle essaie de la boucler depuis le début de la semaine, hésitant dans des dilemmes incessants.

Vêtements chauds ou estivaux, robes sophistiquées ou urbaines, escarpins ou ballerines… Elle a un tic. Elle met ses chaussettes l'une contre l'autre. Elle ne les plie pas en boudin comme tout le monde.

Le dernier SMS, reçu vendredi à 20 heures, in extremis, divulgue enfin l'adresse de son domicile et en prime son nom de famille.

A propos, j'oubliais l'essentiel :
Maxime Fabre
12 boulevard des Belges
Lyon 6
Tu t'annonceras au portail noir
Tu pourras te garer sur une des places Invités
Il y en a dix, ça devrait aller
M.

Beau temps annoncé sur le week-end.

*

Vive le samedi !

Ses palpitations reprennent dès qu'elle saute dans sa voiture, briquée pour l'occasion.

A peine installée, elle sort de son sac besace, l'essentiel selon Caroline : journaux, téléphone, livres, cahiers, stylos…. Le tout jeté en vrac sur le siège passager.

C'est dans la boîte à gants qu'elle abrite briquet et paquet de cigarettes à côté des pastilles à la menthe.

Climat rassurant pour un trajet en solitaire.

Entre joie et inquiétude, elle célèbre sa chance avec une playlist gaie et enjouée, abandonnant les chansons nostalgiques.

- Happy Time !

Elle est complètement bilingue et s'exprime volontiers en mêlant l'Anglais au Français.

Elle arrive Boulevard des Belges au numéro annoncé.

Maxime attend derrière la grille. Elle n'a donc pas besoin de sonner à l'interphone où seuls quatre noms sont inscrits.

Elle n'a d'yeux que pour lui. Avec son costume sans cravate et sa chemise pas boutonnée jusqu'en haut, il montre encore une fois comment être chic mais pas trop.

Il lui indique la direction à la manière d'un agent de la paix. Elle éclate d'un rire gentiment ironique tout en s'exécutant.

Princier, il ouvre sa portière. Elle s'extirpe de son siège, non sans avoir pris le temps de faire place nette à côté d'elle.

Elle se plante face à lui, les bras encombrés.

Il sort avec courtoisie la valise du coffre.

Il l'accueille par un baiser unique sur le haut de la tête. Comme on le ferait à un enfant.

Elle trouve cet élan protecteur et affectueux tout à fait inattendu et audacieux.

Il faut se ressaisir. Elle est bien décidée à maîtriser toutes les situations la tête haute. Pas question de subir, comme le week-end dernier. Ni de se laisser guider par les envies de son hôte ou ses questions.

Elle est avide de tout savoir de l'étrange Maxime. Impatiente de pénétrer son univers qu'elle imagine passionnant, elle s'émerveille de cet immeuble au raffinement absolu qui semble destiné à une élite.

Ils se dirigent vers l'entrée du bâtiment, partagé en appartements de prestige. Une immense plaque dorée indique le nom de la résidence :
Villas Eugénie de Montijo

*

Elle est impressionnée par la beauté et la sobriété de l'appartement. Le hall majestueux donne de suite la tonalité des lieux. La surface et les hauteurs sous plafond ont les dimensions d'une autre époque. Le salon, ouvert sur un bureau et une cuisine dinatoire, invite à un week-end en amoureux.

- Pétard ! Trop belle la déco !

Il sourit, indulgent devant ses jurons de charretier auquel il s'accoutume. Ils le font même visiblement craquer. Son tic langagier devient contagieux.

- Je suis en mode fainéant ! dit-il humblement.

- Ah Bon ? Je ne sais pas ce qu'il te faut. C'est une déco de ouf !

- Ce n'est pas grâce à moi. J'ai acheté cet appartement déjà meublé. Pour un célibataire, c'est très pratique ! Du coup, je n'ai aucun mérite.

Caroline reste médusée par une telle architecture d'intérieur. Peu de meubles, tous utiles et posés à la bonne place.

- Viens ! Je vais te montrer ta chambre. Tu pourras y déposer tes affaires.

Comment fait-il pour la rendre si heureuse ? Depuis la séance dédicace, il colore sa vie qu'elle avait organisée paisiblement entre écriture, dédicaces et vacances avec sa fille.

- Je pense que tu seras bien, là. Il y a même un bureau, si tu veux écrire.

Il lui fait visiter son espace à elle, une chambre avec salle de bains privative et dressing phénoménal.

- Si par hasard, il te prenait l'envie de rester plus longtemps…

Invitation à une intimité urgente. Il lui a bien confié qu'il n'avait pas le temps. Pourquoi faire durer les préambules lorsque tout sonne comme une évidence ?

De peur d'être embarrassée par une proximité avec un homme qu'elle ne connaît presque pas, Caroline est arrivée à 18 heures. Elle a volontairement réduit les deux jours du week-end en une seule soirée qui doit forcément se conclure par une nuit et une matinée.

Un long moment malgré tout, avec cet homme qui l'attire tant. Qui plus est, dans son univers à lui. Quel rêve ! Il se dévoilera forcément. Elle pourra enfin réunir des éléments précieux sur sa personnalité impénétrable.

La première chose qui lui vient à l'esprit est que l'argent n'est pas un problème pour lui. Ce beau ténébreux vit dans un confort huppé qui lui semble normal.

- Je te laisse t'installer. Il y a des serviettes dans la salle de bains. A tout à l'heure, pour le sacro-saint apéro.

Une musique jazzy envoûtante de fin de soirée traverse toutes les pièces grâce à un système audio performant avec enceintes intégrées.

Le choix musical exclusivement féminin avec les voix rocailleuses de Diana Krall, Amy Winehouse ou Norah Jones concorde avec l'atmosphère *Relais et Châteaux* de l'endroit.

Caroline finit par se sentir gênée. Elle a la sensation d'être une pauvre fille en le comparant à son appartement dont elle était pourtant très fière jusque-là.

Tous les deux ne jouent pas dans la même cour. Qu'importe ! Maxime, c'est le style dans toute sa splendeur. Elle n'a plus qu'à se laisser faire et profiter de l'instant présent.

Ici, rien de mal ne peut se passer. Cette quiétude fait oublier les tracas du quotidien à Caroline.

Elle dispose ses quelques habits sur les nombreux cintres en ébène comme si elle était à l'hôtel.

La délicatesse hors pair de Maxime est rassurante.

On est loin de l'ex baby-sitter de sa fille sur qui elle se défoule pendant ses périodes de blues. Dès qu'elle arrive chez lui, elle retire sa chemise par la tête, sans prendre le temps de la déboutonner et se jette sur lui comme une proie. Il lui fait l'amour en deux temps trois mouvements dans un studio miteux. Elle s'en veut toujours en sortant de chez lui et l'implore :

- La prochaine fois que je viens, je t'en prie ne réponds pas.

- Jamais de la vie ! lui rétorque-t-il toujours.

Elle s'extirpe du lit dès qu'ils ont terminé, prétextant un rendez-vous matinal. Hors de question de passer la nuit avec ce gamin chevelu.

Elle incline les lamelles du store vénitien et aperçoit une vue époustouflante sur le Parc de la Tête d'Or. Il ne lui a pas menti. Il a même été modeste en présentant son *chez lui*.

La villa profite amplement du parc lyonnais, de ses arbres centenaires, de son lac et de son jardin botanique…

La chambre est dénuée d'objets personnels. On dirait un décor de théâtre. Une porte est fermée à clef. Elle doit donner sur une autre chambre ou bien l'a-t-il condamnée sachant qu'elle viendrait.

Qu'aurait-il à cacher ?

Caroline se surprend à imaginer qu'il a loué ce somptueux appartement pour lui en mettre plein la vue.

Un peu comme on loue un smoking le temps d'une cérémonie pour le restituer le lendemain.

Elle fait couler un bain moussant dans lequel elle se fond comme dans un océan de bien-être. Elle est au bord de s'assoupir. C'est au changement de musique qu'elle se réveille.

Deezer a mis le cap sur les crooners américains, Dean Martin, Franck Sinatra... aux timbres solaires.

Un délice vintage résolument masculin cette fois. Il excelle dans le bon goût. Comment ne pas succomber ?

Il tapote du bout des doigts à la porte. Il est déjà 19 heures 30.

- Tu ne t'es pas endormie, j'espère !

- Il doit y avoir une caméra au-dessus de la baignoire, pense-t-elle.

Ses inquiétudes frôlent la paranoïa. Elle se ressaisit et bénit sa félicité de vivre de telles aventures.

Qui est vraiment Maxime Fabre ?

Toute la semaine, elle l'avait Googlisé à la recherche d'informations le concernant…

En vain. Rien ! Aucune présence sur le web ni sur les réseaux sociaux, même pas sur LinkedIn, réseau professionnel. Une exception !

Caroline n'avait donc rien à se mettre sous la dent. Elle devrait patienter, de rencontre en rencontre, pour découvrir sa personnalité.

Peut-être a-t-il une vie tout à fait normale, prof ou avocat, et qu'il se rend au bureau tous les matins, comme tout individu lambda.

- J'arrive oui… deux minutes…

- Prends ton temps…

Elle est en train de fumer dans les toilettes. Une addiction qui ne la quitte pas et qui l'embarrasse face à l'irréprochable Maxime. Avant de le rejoindre, elle aère la pièce en ouvrant grandes les baies vitrées et en agitant ses bras interminables.

Elle est prête. Elle a troqué jean Levis et trench de l'arrivée, pour un costume moiré. Sa silhouette masculine, associée à des talons vernis aiguille aux célèbres semelles rouges, devient carrément ensorcelante.

Elle le surprend, se lovant sur un canapé d'angle pouvant accueillir au moins dix personnes. Il se redresse à sa vue enchanteresse.

- Tu es très inspirante !

Deux coupes de Champagne, quelques feuilletés…

Elle s'enfonce dans le fauteuil jaune canari face à lui.

- Je te fais peur ?

Il l'invite à le rejoindre sur le canapé par des petites tapes de la main.

Disciplinée, elle se soulève pour s'asseoir à quelques centimètres de lui.

Le téléphone de Maxime sonne. Il le regarde, hésitant, semblant penser : Je réponds ? Je ne réponds pas ?

Elle sent bien que si elle n'avait pas été là, il aurait décroché. Peut-être est-ce une femme…

La sonnerie s'arrête pour reprendre immédiatement. Ça doit être important. Il se dirige vers l'immense balcon pour enfin répondre. Ainsi, elle ne pourrait pas entendre la conversation.

Elle l'observe de loin, à travers les vitres impeccablement transparentes. Perturbé, il semble se disputer avec son interlocuteur. En tous les cas, ce n'est pas sa copine au bout du fil ou alors c'est une ex qui le harcèle.

Le trip du tueur en série traverse à nouveau l'esprit de Caroline. Elle se mortifie d'avoir accepté de venir chez lui. Il peut faire ce qu'il veut d'elle, la séquestrer, la torturer comme dans les séries policières.

La splendide terrasse donne aussi sur le Parc de la Tête d'Or qui commence à s'obscurcir à la nuit tombante.

Dix bonnes minutes plus tard, il réapparaît comme si de rien n'était. Aucune apparente contrariété. Il ne révèle évidemment pas l'objet de cet appel.

Caroline meurt d'envie de le questionner à ce sujet. Mais, à force de réfléchir à la manière de le demander, elle laisse passer l'opportunité.

Il lui présente des petites assiettes de sushi.

- J'ai bien pris garde à ne pas servir de porc.

- Ah bon ? Tu sais que je ne mange pas de porc ? Mais comment tu es au courant ? Je n'en ai pas parlé...

- J'ai le sens de l'observation, on va dire.

Elle n'insiste pas. Ils sont intarissables. Le dîner se déroule avec une série de petits en-cas originaux et succulents. Il va régulièrement réapprovisionner le buffet dans la cuisine américaine, agencée comme dans un magazine de déco.

Ce défilé de mets de tous les pays du monde vient à coup sûr de chez un traiteur. Il ne s'embarrasse ni d'acheter ses meubles ni de cuisiner. Un art de vivre qui étonne Caroline qui fait tout toute seule, sans être assistée d'une femme de ménage.

Il se rapproche d'elle progressivement. Au moment du fromage, un Saint-Marcellin affiné, doux et crémeux à souhait, leurs genoux sont carrément collés l'un contre l'autre.

Leurs visages arrivent à une telle proximité qu'elle se penche pour l'embrasser. Une telle attitude le choquerait à coup sûr et pourrait tout gâcher. Elle reste donc sur sa retenue contrairement à ses habitudes désinvoltes.

Il part à la recherche d'un énième plateau. Son téléphone qu'il avait posé sur la table basse, s'éclaire à l'annonce d'un texto.

Elle se soulève, tout en prenant garde qu'il ne la remarque pas, se penche légèrement pour le lire.

Incompréhensible, le message est dans une langue qu'elle ne connaît pas.

Russe ? Tchèque ? Allemand ?

Elle tente de faire une photo de l'écran avec son portable mais trop tard… Il revient, guilleret, tout en conversant en même temps.

Elle se redresse sur le canapé, l'air innocent.

- Tu fais quoi comme métier, Monsieur le cachotier ?

- Cachotier ? Pourquoi ? Tu ne me l'as pas demandé.

Tout semble logique.

C'est vrai qu'elle ne l'a pas questionné à ce sujet. Pourtant tout être normalement constitué évoque son métier au bout de trois jours d'entreprise de séduction. Eh bien lui non ! Apparemment, il ne dit rien de son plein gré. Il attend qu'elle s'enquiert d'informations.

- Alors je te pose la question. Quel est ton job, Monsieur Maxime ?

- Ça va plomber l'ambiance, je te préviens. Tu veux vraiment savoir ? Là ? Maintenant ? Ou tu préfères demain au petit déj ?

- Allez ! Ne te fais pas prier ! Comment veux-tu que je te fasse confiance si tu ne me dis rien… sur toi je veux dire !

- Aucun problème…

- Quand tu téléphones, tu t'écartes pour ne pas que j'entende. Et tu ne me dis rien de ta vie alors que tu sais tout de la mienne.

- Ah bon ? Tu vois les choses comme ça ?

- Moi, je suis transparente, limpide. Alors fais-en autant si tu veux qu'on continue à se voir.

Caroline juge sa provocation comme une folie d'autant qu'elle se trouve chez lui, livrée à ses pulsions innées. Si elles s'avèrent diaboliques, ce sera la fin de tout.

Il lui prend l'idée d'envoyer un SMS à sa fille. Précaution oblige. Son truc d'écrivain, ce n'est pas le thriller, mais elle demeure une lectrice assidue des Harlan Coben, Antoine Renand, Douglas Kennedy…

- C'est quoi l'adresse ici ?

- Ici ? 12 boulevard des Belges dans le $6^{\text{ème}}$.

Elle dicte son texte au lieu de le taper, comme toujours.
Comme il entend le message, elle adapte la vérité. Elle ne révèle pas qu'elle dort chez un inconnu dont elle se méfie.

Elle informe sa fille de l'endroit où elle est de peur qu'il ne lui arrive quelque chose. Tourné de cette manière, le message n'inquiètera pas Maxime.

Coucou
Je n'arrive pas à te joindre depuis deux jours.
Je passe le week-end à Lyon.
Je suis jusqu'à demain soir 12 boulevard des Belges dans le $6^{\text{ème}}$
Bisous

- Si tu ne te sens pas bien ici, je peux te trouver un hôtel et t'accompagner. Je ne t'en voudrais pas…

- Non mais tu plaisantes ? Ne sois pas susceptible. C'est mon côté mère juive. Je dis toujours à ma fille où je suis. En même temps, elle vit à Londres donc elle ne peut pas faire grand-chose pour moi en cas de coup dur.

- Mais quelle idiote ! pense-t-elle en même temps qu'elle abonde d'arguments pour le rassurer et ne pas être désagréable.

Ainsi, elle devient à sa merci. Il saura qu'il peut faire ce qu'il veut puisque sa fille est loin. L'attacher à un radiateur. La violer. L'assassiner.

- J'ai sommeil… Alors, c'est quoi ton métier ? Après, j'irai dormir dans la magnifique chambre que tu m'as réservée.

- Diplomate à l'Union Européenne… Tu vois, je t'avais prévenue que ça allait casser l'ambiance.

- Waouh !

- Je suis en pré-retraite mais on me retient. Alors je me laisse faire… En plus, l'actualité est brûlante en ce moment. C'est mon côté humaniste.

- Déjà à la retraite ?

- Eh oui…

- C'est top, ton job ! Respect !

- Voilà où on atterrit quand on a fait un peu d'études et qu'on est recruté par un chasseur de tête ! Il ne m'a pas lâché jusqu'à ce que je dise oui. Je correspondais pile au profil qu'il cherchait. Surtout que je suis polyglotte.

- Polyglotte ? Tu parles quelle langue ? Allemand, Russe, Tchèque ? …

- Euh ! Les langues universelles, Français, Anglais, Espagnol… Chinois un peu… Bref ! Voilà ! Assez parlé de moi.

Caroline se lève d'un coup, glacée. Il ne lui a pas dit « Allemand », « Tchèque » ou je ne sais quoi. Il lui ment, c'est clair. Pourquoi recevrait-il des messages en Allemand ou dans une langue slave sinon ?

Elle s'inquiète et son imagination va bon train :

- J'espère qu'il y a une clef dans ma chambre sinon je ne fermerai pas l'œil. Quelle idée j'ai eu d'accepter un rendez-vous avec un type que je connais à peine ? Les flics vont me retrouver égorgée sur une scène de crime improbable puisqu'il aura traîné mon corps dans un bois ou une déchetterie.

Recluse dans sa jolie chambre, elle retire ses chaussures à talons vertigineux. Elle enfile sa nuisette à fines bretelles.

Elle attend que tous feux soient éteints pour se diriger, pieds nus, à pas feutrés, dans le hall.

Stop ! Elle entend le téléphone de Maxime sonner de manière incessante. Sans doute, l'espion russe ou allemand de tout à l'heure.

Elle fonce vers les toilettes pour justifier son déplacement au cas où il la surprenne. Mais il n'a pas semblé répondre.

Silence total. Aucune âme qui vive ! Il doit dormir profondément.

Elle reprend son investigation.

Elle avait remarqué des clefs dans l'entrée, rangées parfaitement comme sur un tableau de concierge d'hôtel. Bingo ! Au moins une trentaine de clefs, de format identique, se trouvent suspendues à des crochets dorés.

On nage en plein roman policier.

Caroline languit de récupérer ses affaires et de s'enfuir avec sa chère voiture. Mais elle craint qu'il faille demander un code pour sortir. S'il se rendait compte de son départ impromptu, il pourrait se transformer en Mister Hyde.

Des étiquettes qui n'ont aucune signification pour elle, semblent indiquer les différentes pièces de l'appartement. C'est à croire que chaque endroit est protégé comme Fort Knox. Elle doit trouver le sésame, c'est-à-dire la clef de la pièce mitoyenne de la sienne.

Elle écarte tous les noms évidents, living-room, bathroom… Elle se fixe sur trois désignations incompréhensibles « TR », « FR », « MR ».

- *TR* ? *The Room* ? Peut-être…

Son petit déshabillé ultra transparent, en voile plissé et dentelle, la rassure quant à la légèreté de ses actes. Elle se sent invincible et déterminée.

S'il devait la prendre en flagrant délit, elle interprèterait une Mata Hari troublante et sexy puis le séduirait. Ensuite, elle s'évaderait au petit matin dans un fog britannique impénétrable.

Elle retrouve sa chambre après un dédale obscur le long du vestibule interminable. Elle ferme le loquet à double tour dans une respiration haletante qui trahit sa peur.

Son cœur chancelle. Toujours aucun bruit. Calme plat dans la tempête. Elle a l'impression d'une traversée en haute mer. Sauve qui peut ! Il faut trouver des solutions pour s'en sortir.

Maxime lui cache quelque chose. Elément futile ou perfide, elle doit se délivrer de ses doutes, au péril de son histoire d'amour avec lui.

Elle se fait peut-être un film mélodramatique alors qu'il est honnête sans aucune mauvaise intention. Elle s'en veut ! Elle va réussir à gâcher ce magnifique roman.

Quoi qu'il en soit, tout semble trop beau et trop parfait.

Il y a forcément anguille sous roche. Et puis pourquoi un type aussi irréprochable n'afficherait ni femme ni enfant ?

Première mission : ouvrir la porte communicante de sa chambre.

Elle tente les trois clefs. Elle ignorait qu'elle était dans le casting de *Fort Boyard*. C'est finalement la dernière *MR* qui ouvre la caverne d'Ali Baba.

Etrange décor. Totalement différent du reste de l'appartement. Ici, il y a du vécu. Tout ne ressemble pas à une mise en scène carton-pâte.

Cette pièce d'environ 30 m^2 est plus intime que les autres et bien plus remplie.

On dirait qu'il a déposé ici tous ses meubles à lui, les vrais.

Elle réfléchit :

- Si j'avais quelque chose à cacher, je le cacherais où ?

Elle dresse un état des lieux scrutateur :
Un bureau Empire en acajou et bronze doré.
Un fauteuil de cuir pivotant qui semble usé tellement on a tourné dessus.
Et surtout le long des quatre murs, une bibliothèque peuplée de « bouquins » comme elle les appelle avec attachement. Beaucoup semblent très anciens.
Epoustouflée, la prof d'histoire reconnaît même des « incunables », ces livres imprimés qui datent des débuts de l'imprimerie, avant 1500.

Un remake de *la Belle et la Bête* ?

Elle ouvre laborieusement le tiroir du bureau.
Elle découvre un tas de lettres encore cachetées, réunies par une simple ficelle nouée en une boucle consciencieuse. Elle la défait prestement.

Sur toutes les enveloppes, est noté *A toi*, tout simplement, sans autre indication. Ces lettres ont dû être écrites et jamais envoyées. En est-il le destinataire ou les a-t-il écrites lui-même?

Elle finit par en repérer une, décachetée et plus jaunie que les autres. A l'intérieur, à sa grande déception, elle ne trouve qu'un simple texte écrit à la main, à l'encre bleu nuit :
Les Misérables
Victor Hugo

Qu'est-ce que cela peut bien vouloir dire ?

Maxime est-il un descendant de Victor Hugo ? Le génial écrivain est resté dans l'imaginaire collectif, vieux avec une barbe blanche. Comment savoir à quoi il ressemblait lorsqu'il était plus jeune ? Etait-il blond comme son Inconnu ?

Son téléphone va bientôt rendre l'âme, batterie à deux. Elle se presse de photographier tout ce qu'elle trouve, dans la perspective de faire son enquête à son retour à Grenoble.

- Enfin… Si je rentre un jour, chuchote-t-elle.

Elle est de plus en plus persuadée qu'elle n'aurait pas dû accepter de dormir chez un homme qu'elle connaît à peine.

Elle rechigne à entrer dans la voiture d'un inconnu. Et là, elle accepte de passer le week-end chez quelqu'un qu'elle a vu une ou deux fois.

Elle est folle ! C'est tout elle ! Mais elle sait que, jusque-là, suivre son instinct lui a rapporté gros.

A tâtons, elle circule dans la pièce qu'elle a éclairée avec la lampe ancienne et articulée du bureau. Elle regarde l'heure. Minuit…

Dix bonnes minutes déjà qu'elle hante ce lieu.

La porte grince et claque en se refermant. Elle sursaute et marque un temps d'arrêt. Cet imprévu va l'alerter et le réveiller…

Le calme règne sur les lieux. RAS.

Elle soulève le tapis en peau de zèbre. Elle appuie sur les murs à la recherche d'une porte dérobée… Rien.

Tout à coup, une idée lumineuse lui traverse l'esprit. Pourquoi n'y a-t-elle pas pensé tout de suite ?

Elle se précipite sur la bibliothèque, à la recherche des *Misérables*. Elle décale les livres… Autant chercher une aiguille dans une meule de foin. Des centaines de romans, avec même deux rangées sur certaines étagères.

Une échelle permet d'accéder aux derniers niveaux qui touchent le plafond comme si la bibliothèque avait été dessinée sur mesure.

Elle oublie toutes les couvertures contemporaines et se met en quête d'une édition ancienne, reliée. Elle ne peut s'empêcher de parcourir la magnifique collection complète de *La Pléiade.*

En temps normal, elle aurait passé des heures à feuilleter ces pages au papier bible. Mais elle ne veut pas s'écarter du but de sa recherche.

Elle plisse les paupières pour déchiffrer les titres dorés à l'or des reliures en cuir. Dans la précipitation, elle a oublié ses lunettes.

Entre les « Contes et Nouvelles » de Maupassant et « Les Rougon-Macquart » de Zola, se niche l'œuvre tant espérée, « Les Misérables » de Victor Hugo ! Le livre semble neuf, jamais lu… Elle le parcourt rapidement.

Aucune note écrite à la main.

Aucune page déchirée. Avant de le refermer, désappointée, elle arrive à la dernière page et sent une épaisseur. Les deux dernières feuilles ont été collées.

Que doit-elle faire ? Si elle les déchire, il devinera qu'elle est coupable. Elle risquera ses foudres qui doivent être terribles s'il veut préserver un secret.

Qu'importe ? Elle ne pourra pas dormir si elle ne le fait pas. Quoi qu'il en soit, ce livre n'a pas été ouvert depuis une éternité. Il ne s'en apercevra donc probablement pas avant longtemps.

Elle tente de décoller le haut des pages délicatement. Il n'y verra que du feu comme ça. La vapeur aurait été idéale.
Ne parvenant pas à le faire proprement, elle se résout à déchirer le bord supérieur. Elle secoue le livre à l'envers.

Tombe sur le parquet, un feuillet jauni par le temps. Elle se hâte de prendre une photo. Elle prend le temps de lire le titre :
Geburtsurkunde

Sans en comprendre le sens, elle devine aisément qu'il s'agit d'un acte de naissance. Le document imprimé est complété de textes écrits à la main, de manière appliquée, sans doute par un officier d'Etat Civil.

Elle ne parvient pas à déchiffrer tous les mots mais peut aisément lire les plus évidents, ceux compréhensibles dans toutes langues : nom et prénom, date de naissance, ville.

Hans Helmrich
18. august 1961

Rosenheim

L'acte de naissance est certifié d'un coup de tampon de la commune.

Satisfaite de sa trouvaille inespérée, Caroline referme le livre et le remet à sa place.

Elle balaye son regard pour vérifier que tout est impeccable. Elle éteint la lumière. Crépuscule des Dieux.

Elle ferme scrupuleusement la porte à double tour comme elle l'avait trouvée.

Il lui faut maintenant traverser à nouveau le long couloir étroit pour remettre les trois clefs à leur place dédiée.

Elle ne se souvient plus de l'endroit exact de chacune. Elle essaie d'exercer sa mémoire visuelle qui ne lui a jamais fait défaut. Sans succès. Elle n'a plus le temps.

Elle les dispose au hasard et se hâte de se réfugier dans sa chambre.

Elle pousse la commode et une chaise contre la porte. Il peut très bien avoir un double de sa clef et la surprendre dans son sommeil.

Elle ne parvient pas à fermer l'œil. Elle examine toutes les photos qu'elle a prises en catimini. Elle effectue, sur son téléphone, des recherches sur internet.

Wikipédia

Rosenheim est une ville allemande, localisée entre Munich et Salzbourg, en Haute-Bavière. Elle est située sur la rivière Inn. Avec plus de 60 000 habitants, elle est la troisième ville la plus peuplée du district de Haute-Bavière après Munich et Ingolstadt.

Geburtsurkunde veut bien dire en allemand « acte de naissance ». A qui peut bien appartenir ce certificat et pourquoi le dissimuler avec autant de précaution ?

Entre le texto reçu par Maxime et cette découverte nocturne, Caroline en revient toujours à l'Allemagne.

Elle réalise qu'il n'a même pas évoqué la biographie de son amie, motif officiel de son invitation à séjourner chez lui. C'était donc bel et bien un simple prétexte.

*

Dès 7 heures du matin, l'odeur alléchante du café frais envahit l'appartement et traverse la pièce.

Ouf ! Enfin le matin ! La journée qu'elle redoutait tant dans sa nuit mouvementée, sera peut-être chaleureuse et agréable.

Elle a réussi à s'assoupir au petit matin.

Une douche rapide lui rafraîchit les idées. Elle plie ses quelques affaires dans la valise. Elle a moins le cœur à s'habiller en mode séduction.

Face à la glace, elle se plie à sa routine beauté tout en déplorant des cernes de fatigue. Elle réchauffe son regard d'un trait de eye-liner marine qui accentue son type méditerranéen.

Ce bleu sombre intensifie son regard, d'autant qu'elle le souligne de deux couches de mascara. Oublié le mode cocoon des journées d'écriture. Ici, elle est en représentation.

Elle écarte les stores en bois, placés là en guise de volets.

Grand ciel bleu. Tenue printanière requise. Elle a prévu des looks piqués sur le vif aux people qui sont sensiblement de sa génération.

Elle veut choisir une allure qui lui en mettra plein la vue en espérant bien filer à l'anglaise dès le café absorbé.

Jean, Converse, veste style Chanel et T-shirt blanc… le comble du chic pour Caroline.

Elle se décide à l'affronter, terrorisée à l'idée qu'il l'interroge à propos de son intrusion dans sa vie privée.

- Waouh ! Tu es ma-gni-fi-que ! Quelle élégance !

- C'est simple…

- Tu as une allure de rêve !

Il lui présente des capsules de différentes couleurs.

- Café à la vanille, au caramel… sans parfum ?

- Vanille oui… J'adore !

Il a les goûts de Caroline et c'est un bon point.
Loin derrière elle, les cafetières, les filtres et le marc.

Elle travaille à renfort de thé vert et de café, la boisson dopante par excellence, mais aussi son moment de pause.

Toujours d'une extrême élégance, Maxime dévoile son nouveau look du jour.

Il est de la trempe des Belmondo ou Delon dans *Borsalino*. Il arrive à être très élégant sans paraître guindé. La classe à l'état pur.

Il porte le costume à la perfection. Coupe de cheveux en brosse, cravate fine et costume cintré, il fait un sans-faute. Une assurance à la James Bond même un dimanche.

Sous le charme, elle renverse du café brûlant sur son superbe T-shirt.

- Oh pétard !

Il s'esclaffe devant son expression, un véritable tic chez Caroline. Prévenant, il court chercher un torchon et du savon de Marseille.

Il soulève le haut en coton et frotte délicatement la tâche en minimisant les dégâts. Des frissons de plaisir parcourent le corps de Caroline qui se laisse faire avec délices. Imperturbable, il la rassure.

- Le café non sucré ne tache pas.

Aucune allusion à la nuit rocambolesque de Caroline. Il ne s'est rendu compte de rien visiblement.

- Tu as déjà été marié ? Tu as des enfants ? Tu as toujours vécu à Lyon ?

Elle déblatère ses questions…

- Euh… dans quel ordre ? Oui j'ai été marié mais je n'ai jamais eu d'enfants.

- Ça ne te manque pas ?

- On ne peut pas regretter quelque chose qu'on n'a jamais connu.

- Sans indiscrétion, pourquoi est-ce que tu t'es séparé d'elle ? C'est elle qui t'a quitté ou toi ?

- Eh bien pour quelqu'un qui ne voulait pas être indiscret, c'est un interrogatoire en bonne et due forme. Mais pas de problème, je m'exécute avec plaisir. Attention au retour ! Je vais te cuisiner comme si t'avais fait un crime.

Allusion à sa curiosité ou pas ?

Il lui répond sans faux-semblant.

- Alors… C'est elle qui m'a quitté… Sans doute parce que je ne suis pas facile à vivre. Je suis, paraît-il, misogyne et difficile à supporter. Fêtard à l'excès, dépressif, prétentieux…

Elle l'interrompe dans sa ritournelle de défauts.

- Ah oui ? Tout ça pour le même homme ? Eh ben mon vieux ! Ça ne fait pas envie !

- Je me suis calmé depuis, je te rassure. Après dix ans de mariage, nous nous sommes séparés d'un commun accord. Pourtant tout le monde pensait qu'on filait le parfait amour. Comme quoi… Il ne faut jamais se fier aux apparences…

- Si c'est lui qui le dit, pense Caroline qui voit un message dans ce dicton.

Lui, l'homme parfait sous tous rapports, ne serait pas fidèle à l'image qu'il donne. Il poursuit :

- J'étais gosse. J'ai l'impression de n'avoir jamais vécu cette période.

- Bienvenue au Club !

- Elle a refait sa vie depuis longtemps. Et comme nous n'avons pas eu d'enfants, je n'ai aucune raison de la revoir. Voilà ! Tu as donc devant toi le parfait célibataire, libre de tout attachement !

C'est un bon vendeur ! Il pourrait utiliser cette description pour un profil de site de rencontres.

- Et tu as quel âge ?

Semblant lassé de ses questions successives, il ouvre le tiroir de la cuisine sans répondre.

- Ah mais dis-moi… C'est à mon tour maintenant !

Ne prêtant pas attention à sa requête, elle poursuit son questionnaire indiscret.

- Tu es Français ?

- Hey, dis-donc, drôle d'idée ! Fabre, tu crois que c'est un nom étranger ?

Il a l'art d'éluder les problèmes. A la manière d'un homme politique, il répond à une question par une nouvelle question.

Il est certain qu'avec son métier de fonctionnaire européen, il doit maîtriser l'art de la diplomatie. Hormis ses défauts qu'il a cités abondamment, il est très habile.

- Non ! Non… Je disais ça sans réfléchir. Bien sûr ! Quoi de plus Frenchie que Fabre ?

Il sort un portefeuille du tiroir en s'agaçant de ne pas trouver quelque chose…

- Tu cherches quoi ?

- Le foutu badge de l'immeuble.

Elle aperçoit sa carte d'identité et fait mine de s'en emparer.

- Ah ! C'est quoi ça ? Je peux voir…

Il enfouit la carte, bien au fond de l'étui.

- Rien d'intéressant…

Caroline a eu le temps de lire *18 août 1961*… La même date que sur l'acte de naissance qu'elle a trouvé cette nuit. Pourtant le nom *Maxime Fabre* n'est pas le même.

Comment est-ce possible ? Peut-être a-t-il un frère jumeau ? Peut-être existe-t-il une réponse simple à ce concours de circonstances ?

Oui ! Voilà ! C'est le terme exact que Caroline, pour se rassurer, veut donner à sa trouvaille : « un concours de circonstances ».

Elle le salue, pressée de sortir de ce piège. Elle s'exprime avec un lyrisme forcé, pour paraître joviale et malicieuse.

- Je vais te laisser… Merci pour cette soirée lumineuse… enrichissante… délicieuse… dans tous les sens du terme. Maintenant que je connais tout de toi, je vais pouvoir te retrouver.

Caroline fait volontairement allusion à ce qu'elle a découvert. Elle espère l'inquiéter et le pousser à se révéler sous son vrai jour.

Il ne laisse rien transparaître.

- Bon ! J'aimerais te retenir…

- Ma fille rentre ce soir d'Angleterre pour une semaine. Je ne la vois pas souvent… alors si je suis absente, elle m'en voudra…

Il se résigne à récupérer sa valise dans la chambre impeccablement rangée par Caroline, draps retirés et pliés dans la buanderie.

Ils pénètrent tous les deux dans l'ascenseur qui se remplit gaiement des bagages de Caroline.

Elle se plaque, épuisée, contre la glace qui tapisse le mur du fond, tête baissée. Il lui relève doucement le menton. Elle se sent minuscule face à ce colosse fin et protecteur.
Il colle langoureusement ses lèvres sur les siennes.

Elle entrouvre la bouche et se laisse fondre dans un gouffre de plaisir. En apesanteur !

Il caresse son corps transi. Par bonheur, elle porte un pantalon sur lequel sa main se heurte tout en le regrettant.

Lorsque la porte s'ouvre, elle se réveille d'une douce torpeur.

Il ne dit mot et l'entraîne jusqu'à la voiture. Il la guide de manière empressée et déférente.

La tête dans les étoiles, Caroline a dissipé ses frayeurs. Elle les a totalement écartées de ses pensées. Elle vit ses suspicions comme un cauchemar et s'auto-flagelle en s'accusant de curiosité malsaine.

Pourquoi cet homme ne serait-il pas parfait ? Pourquoi lui cacherait-il des choses ? S'il ne répond pas à toutes ses questions, c'est parce qu'elle ne cesse de l'importuner.

Elle rougit de honte d'avoir pu penser qu'il allait pénétrer dans sa chambre au beau milieu de la nuit.

Il se dégage de ce départ une vague d'émotion. La crainte s'est dissipée.

L'aura de cet inconnu augmentée de son charme a eu raison de l'intrépide Caroline.

Comme sur un quai de gare, elle est consternée à l'idée de se séparer de lui.

Le devinant, il se permet d'insister :

- Tu ne veux pas rester ?

- Oui… Je t'assure…

- A mon âge, j'ai levé le pied sur le travail. Je pourrais t'accorder tout mon temps pour du shopping, des bons petits plats ou… ce que tu voudras.

- T'es mignon !

- Je serais une sorte de Tony dans *Madame est servie.*

- Oui, désolée… Mais je ne peux pas… Merci mille fois pour cette soirée de rêve !

Il lui octroie un baisemain majestueux.

- Ce fut un plaisir, ma chère Caroline.

- Mais au fait, on n'a pas parlé de ton amie… C'était bien l'objet de ton invitation ? Ou juste un prétexte ?

- Humm… Qui sait ?

- Comme tu vois, je ne m'en plains pas.

Il la prend dans ses bras avec une courtoisie virile.

Elle se love contre lui, renverse la tête en arrière. Il l'embrasse ardemment à la manière de Humphrey Bogart, brûlant de passion pour Ingrid Bergman dans *Casablanca.*

Elle regrette déjà de ne pas avoir accepté sa proposition. A quoi bon être raisonnable ?

Elle se reproche sa stupidité.

Pourquoi avoir inventé cette histoire insensée de sa fille Elise, de retour au bercail ?

Elle ne peut plus revenir en arrière.

L'immense grille en fer forgé se referme toute seule dès que sa voiture est passée. Elle le saura, elle qui craignait de ne pas pouvoir sortir si elle s'échappait au beau milieu de la nuit.

Elle observe Maxime, impérial, dans le rétroviseur. Il semble plongé dans une triste désolation.

Elle présage son ennui lorsqu'il retournera seul dans son appart' d'archi, aussi froid que magnifique.

4.

Caroline s'estime chanceuse d'être sortie saine et sauve de cet épisode abracadabrant. Elle se montre résolue à afficher désormais prudence et méfiance si la relation avec Maxime doit se poursuivre.

Elle respire profondément, soulagée d'être de retour à Grenoble dans son territoire protégé. Entre inclination et effroi, une cacophonie émotionnelle règne dans son cœur.

Triomphante d'avoir eu le courage de satisfaire sa curiosité, elle n'en revient toujours pas de son investigation nocturne.

Elle a relevé ce défi sans se faire prendre la main dans la boîte à gâteaux.

Que ce serait-il passé s'il était rentré dans cette pièce visiblement secrète alors qu'elle était perchée en haut de l'échelle de la bibliothèque ?

Même si elle s'accuse de frôler la divagation en s'inventant des histoires, Caroline analyse froidement la situation.

Pourquoi trois pièces sont-elles fermées alors que tout l'appartement est en open space ?

Cette chambre mitoyenne de la sienne ne ressemble à aucune autre.

Elle contraste carrément avec le décor théâtral de l'appartement somptueux au luxe tapageur.

D'un côté, des meubles vieillissants, défraîchis, des livres lus et relus. De l'autre, une sorte de showroom sans photos de famille ou bibelots qui traînent.

Lorsque Caroline est positive, elle penche vers une explication rationnelle :
Maxime a déménagé en catastrophe. Il a acheté ce bien, meublé. Cette chambre aurait donc la fonction de garde-meuble en quelque sorte. Il la fermerait à clef car esthétiquement elle n'a rien à voir avec le clinquant de sa résidence d'exception.

MR, les initiales de l'étiquette, indiqueraient tout simplement *Maxime Room*. Sa chambre à lui, avec ses effets personnels, ses souvenirs, ceux qu'il emporterait s'il devait quitter Lyon.

Visiblement, il ne s'y rend pas souvent.

Il suffit de passer le doigt sur la bibliothèque pour se rendre compte que le ménage n'est pas fait souvent ici.

Cette version édulcorée serait cohérente si elle n'avait pas mis son nez dans ce qu'il ne fallait pas voir.

Quitte à risquer ses foudres, elle a fouiné et trouvé des éléments qui ne peuvent que corroborer ses inquiétudes.

*

Maxime est passé des simples textos avec des messages enamourés, aux appels interminables et enchanteurs.
Love is in the air !

Il est cultivé. Il lui apporte un éclairage juste et pointu sur l'actualité. Il épingle avec humour tous les travers de notre époque déclenchant les fous rires de Caroline.

Il se veut tour à tour sérieux puis léger, lui demandant de décrire ses vêtements du jour ou sa couleur de cheveux qu'il juge naturelle et ensoleillée.

Il se languit de la revoir.

La veille, elle n'avait reçu ni appel ni SMS. Désespoir.

Elle n'avait pas pu s'empêcher de guetter heure par heure un éventuel message. Elle avait même testé son portable en s'appelant de son poste fixe pour vérifier si le réseau passait. Le manque l'envahit dès que Maxime disparaît de son paysage.

Elle prévoit de donner un grand coup de pied dans la fourmilière et d'évoquer franchement l'objet de ses appréhensions. Mais elle ne franchit pas le pas.

Et puis, il pourrait s'offusquer de son manque de discrétion. Elle ne se reconnaît pas, d'épier ainsi la vie privée de quelqu'un qui l'accueille avec autant de gentillesse.

Caroline n'a jamais espionné le mobile de son ex-mari, n'a jamais lu un mail destiné à sa fille.

Respectueuse de l'intimité de tous et surtout des êtres chers, elle a toujours accordé une confiance infaillible aux siens, s'interdisant toute indiscrétion malvenue.
Alors pourquoi en est-elle arrivée là avec Maxime ?

Sans doute à cause de sa personnalité irréprochable mêlant tous les talents. Trop parfait pour être honnête en quelque sorte.

Elle s'empresse de lui réclamer une photo pour l'intégrer à la fiche « Contact » de son téléphone.

Contre toute attente, il lui envoie un portrait de lui… et d'elle.

Pourtant elle ne s'est rendue compte, à aucun moment, qu'il la prenait en photo. Là encore, elle se sent presque trahie. Il l'a photographiée sans la prévenir.

Perplexe, elle se demande comment il a pu capturer un moment aussi furtif avec autant de talent artistique. Elle salue une aptitude insoupçonnée de plus, à son actif.

Décryptage :
Elle, le dos tourné, est assise sur le canapé. On ne discerne que ses cheveux délicatement bouclés et sa main tenant une coupe de Champagne encore pleine. Elle fait balancer son escarpin sur son pied nu. Sexy attitude.
Lui, se shoote en selfie tout contre elle. Il brandit le téléphone avec panache. La classe ultime.

Quelle habileté ! Caroline apparaît dans un flouté romantique comme un mirage. Maxime semble déjà se réjouir de l'impact de son idée quand elle verra la photo.

Un commentaire très à-propos vient illustrer l'envoi qui n'a pas manqué d'avoir l'effet escompté :
Tu es apparue dans ma vie comme un rêve
Je ne t'espérais pas
La magie de notre rencontre est si forte qu'elle me grise
M.

Tout en distinction et en maîtrise, il se lâche dans des aveux poétiques qui vont droit au cœur de Caroline.

Pas rancunière pour un sou, elle le félicite par des textos successifs et enthousiastes ponctués de Smileys évocateurs !

Waouh !
Pétard !
Quelle photo !
Mais c'est un truc de dingue !

Elle adopte l'attitude cool de celles qui veulent le dérider par un vocabulaire espiègle, à la manière de ses héroïnes.

Elle est experte en « langue de banlieues » et excelle dans le comportement des phénomènes socio-urbains.

Ce beau quinqua a érigé Caroline au rang de superhéroïne. Elle se sent invincible.

*

L'incroyable histoire de cette rencontre l'empêche de travailler. Ce n'est pas si grave. Elle est en pleine promotion de son dernier ouvrage. Elle peut s'accorder un temps de répit pour attaquer le livre suivant.

Maxime bouscule ses codes de conduite. Il donne un coup d'éclat à l'univers studieux et laborieux de Caroline.

Aucune contrainte professionnelle ne les empêcherait de se retrouver au gré de la semaine. Pourquoi attendre les week-ends ?

Maxime a levé le pied sur son métier. Il se fait désirer et exerce davantage un rôle de consultant expert que de salarié.

Quant à elle, l'écriture lui accorde toute la liberté possible.

Ils sont tous les deux déchargés des contraintes familiales, ni conjoints, ni enfants. Leur union s'impose donc avec une force tranquille.

Pourtant, Caroline tient à poursuivre son enquête. Elle veut en avoir le cœur net et savoir si ses suspicions sont fondées.

Elle a réuni en un album nommé « Inconnu » toutes les photos capturées dans la chambre aux secrets.

Elle s'attaque aux lettres cachetées.

Caroline n'imagine qu'une solution pour savoir si c'est lui qui a rédigé de sa main les deux mots *A toi.*

Elle lui demande, en toute candeur apparente, de lui écrire un mot manuscrit et de lui envoyer la photo.

Elle ne manque pas de justifier sa requête :

- C'est bien plus personnel et touchant que les plus beaux textes tapés sur un ordinateur.

Impatiente, elle finit par obtenir gain de cause.

Il a écrit tout simplement leurs deux prénoms sur une carte :
Caroline
Maxime

Exquise esquisse.

Elle aurait bien poussé le culot à lui dicter le texte attendu « *A toi* ». Mais elle craignait qu'il fasse le rapprochement et qu'il s'aperçoive de ses manigances.

Elle importe les deux photos sur son ordinateur, les dispose côte à côte, grâce au logiciel *Photoshop*. A l'aide de la loupe, elle se hasarde dans une délicate étude graphologique.

L'auteur de ces deux textes est-il le même ? Que dévoileraient ces enveloppes fermées si elle réussissait à les ouvrir ?

Le *i* est la seule lettre commune des deux photos. Elle entreprend un comparatif acéré des trois voyelles identiques.

A toi
Le point du *i* est appuyé et insistant. Il a la forme d'un cercle parfaitement rempli. La pression forte sur le papier dénote une grande énergie émotionnelle. L'auteur de l'écrit peut être intense, sensuel ou vigoureux.

Maxime
Caroline

Les deux *i* sont à peine dessinés, légers, aériens comme la silhouette de Maxime.

Une pression légère est un signe d'introversion ou d'une personne qui préfère un environnement plus calme.

A toi
Le *i* se poursuit en une vague qui traîne vers le bas pour s'estomper jusqu'à mourir.
Signe de renoncement ?

Maxime
Caroline
Le style est droit, raide, à la manière d'une écriture scripte. L'espace important entre les mots indique une pensée claire et bien organisée.

Conclusion :
Aucune similitude entre les *i* des deux photos. Ce n'est donc pas lui qui a écrit les lettres cachetées du tiroir.

Première version :
Il est le destinataire de ces courriers.

Deuxième version :
Il n'en est ni l'auteur ni le destinataire. Ces lettres appartiendraient à l'un de ses ancêtres.

D'ailleurs, tout laisse à penser que ces enveloppes ont traversé des décennies, voire des siècles. La teinte sépia trahit l'ancienneté de cette pile de vieilles lettres.

Ce type de missives n'a plus cours depuis des lustres.

Le texte *A toi* revêt des airs de testament.
Peut-être le journal d'un disparu à la guerre ou d'un être épris d'un amour impossible…

Elle s'attaque à l'acte de naissance.
18. august 1961
Rosenheim

Internet confirme ses suppositions :
Geburtsurkunde veut bien dire « acte de naissance » en Allemand.

Elle n'a jamais pris de cours d'Allemand à l'école.
Elle se déclare même totalement hermétique à cette langue gutturale. Elle correspond trop au champ lexical de la Seconde Guerre Mondiale, des Nazis et des pogromes.

A qui peut bien appartenir ce certificat et pourquoi le dissimuler avec autant de précaution ?

Elle a eu la présence d'esprit de flasher dans sa mémoire, de ses yeux avertis, la carte d'identité de Maxime.

Maxime Fabre
Date de naissance identique : *18 août 1961*
Autre ville : *Lyon France*

Qui pouvait donc être *Hans Helmrich*, né exactement le même jour que Maxime… mais en Allemagne et sous un nom de baptême germanique ?

Maxime ne peut pas posséder deux cartes d'identité !

Il a peut-être la double nationalité comme beaucoup de ses amis juifs se partageant entre Israël et la France. Si c'était le cas, le lieu de naissance et le nom seraient le même.

Caroline pencherait vers le hasard d'une date de naissance identique entre deux individus sans aucune attache.

Mais pourquoi aurait-il conservé aussi soigneusement ces papiers allemands ?

Caroline laisse semer son trouble par une série de concordances.

Tout d'abord, Maxime pourrait représenter l'idéologie de la race aryenne avec son physique de Normand.

Elle est maintenant persuadée que le message qu'elle a aperçu sur son portable était en Allemand et non en Russe ou en Tchèque.

Le corps entier de Caroline se fige. Elle, la juive militante, serait-elle la cible d'un groupuscule nazi ?

Maxime aurait le rôle du beau séducteur aguicheur. Elle sombrerait sous les sévices de détraqués, nostalgiques d'Adolf Hitler et de cette époque terrible.

Mais pourquoi elle ? Dans ses romans, Caroline n'a jamais pris ce thème en toile de fond. La Presse ne met jamais en avant sa religion ni son sionisme inconditionnel.

Caroline essaie de se persuader dans son for intérieur.

- J'espère que je me trompe !

Mais le doute subsiste. L'homme le plus sexy qu'elle n'ait jamais connu serait-il dangereux ?

Ce certificat de naissance doit revêtir un aspect crucial quand on voit l'écheveau qu'il a fallu démêler pour l'atteindre.

Caroline, inquisitrice et attentive au moindre détail relevé, se dit :

- Nos aïeuls abondaient d'idées pour entretenir le secret et surtout le transmettre à leurs descendances.

Elle, la romancière préférée des cités, aurait mis naïvement le doigt sur le Trésor des Templiers, l'Arche Perdue ou la Chambre d'Ambre…

Aux innocents les mains pleines !

En aventurière intrépide, Caroline se sent prête à aller au bout de l'enquête, quitte à y laisser des plumes.

Et puis, sa rencontre avec Maxime en vaut le coup.

5.

Jeudi prochain à 10 heures, Maxime interviendra à Bruxelles lors de la conférence de presse du chef de la diplomatie européenne Josep Borrell.

Il justifiera la position de l'U.E. face à l'attitude du Kremlin dans l'affaire du dissident Navalny depuis la tentative d'empoisonnement jusqu'à l'expulsion des diplomates.

Maxime tient à la présence de Caroline. Il lui fait parvenir par la Poste une invitation aussi simple que glorieuse au sceau de l'Union Européenne. Le drapeau trône comme une signature forte et immuable avec ses douze étoiles dorées sur fond bleu.

La culpabilisation hante aussitôt Caroline.

Comment elle, l'autrice certes appréciée mais néanmoins modeste, a-t-elle pu douter de l'intégrité d'une telle figure, respectée de la planète politique ?

Elle est abasourdie par la puissance de ce Maxime qui s'intéresse à elle et qui la pose sur un piédestal. Quitte à se mettre en danger, elle serait stupide de renoncer à un homme aussi solaire.

Elle accepte aussitôt, flattée qu'il la considère déjà comme sa compagne. Elle suppose qu'il ne convie pas tous ses amis et sa famille.

Comme s'il avait deviné ses pensées, il l'appelle :

- J'aimerais vraiment que tu dises oui. D'abord, parce que j'ai envie de te revoir car comment attendre deux jours de plus ?

- T'es adorable.

- J'ai réservé trois chambres. Deux communicantes pour le cas où tu voudrais partager une coupe de Champagne avec moi avant de plonger dans les bras de Morphée. La troisième est réservée à mon double, ma chère maman.

- Ta mère ?

- Oui ! Je languis de te la présenter. Elle considère ces conférences comme un mariage ou une cérémonie.

Caroline s'amuse de sa remarque très tendre envers celle qui l'intimide déjà.

- Tu verras… Sûr qu'elle va sortir son tailleur cintré des années 50 et sa capeline qui lui couvre le regard. Elle se prend pour Greta Garbo.

- Très chic !

- Ah ça c'est sûr ! Face à toutes ces femmes fagotées comme des hommes pour faire sérieux, elle passera pour la Reine d'Angleterre.

Très honorée, Caroline émet cependant une réserve.

- Tu crois que j'aurai ma place dans une telle réception ? C'est plus adapté à un journaliste qu'à un écrivain.

- Tu es la seule personne au monde que je veux voir quand je serai à la tribune. Union Européenne ou pas, c'est toi mon cosmos, depuis maintenant deux semaines. Alors je t'en supplie, dis oui !

*

Caroline présente son invitation personnalisée, à une hôtesse en uniforme aux couleurs de l'Europe.

Elle suscite le respect de la jeune fille. Elle met cette considération sur le compte de son allure, étudiée pour la circonstance.

Elle avait misé juste en prenant garde de ne tomber dans la caricature ni de la femme d'influence, ni de la fashion victim.

Elle fait donc sensation dans une tenue aux tons magenta. Pantalon taille haute agrémenté d'une ceinture à grosse boucle dorée, chemisier de soie et long manteau.

L'hôtesse consulte sa tablette puis lui indique où elle doit se diriger, de la main droite.

Très intimidée par ce hall d'aéroport qui bruisse d'échanges fougueux dans toutes les langues du monde, Caroline lève les yeux pour s'orienter. Par bonheur, la signalétique est aussi en Français.
Espace VIP

Points Presse
Espace de travail pour les médias
Bar : 8h00-16h30 (heure de Bruxelles)
Et enfin la fameuse *Salle de Conférence*

Elle s'installe d'un air guindé sur le bout du siège portant son nom. Elle bidouille ses écouteurs à la recherche de sa langue.

Une femme à sa droite, amusée par sa maladresse, l'aide à les programmer. Caroline la remercie, contente que le sort l'ait placée à côté d'une Française dans tout ce panel international.

Sa voisine lui décoche un sourire interrogateur qui semble dire « Vous êtes qui ? ». Avec son tailleur démodé et son bibi assorti, Caroline devine aisément qu'il s'agit de la mère de Maxime. Elle se présente à elle. La dame se montre très aimable. Un bon point pour Caroline !

- Ah ! C'est vous ? Maxime m'a prévenue que vous seriez là.

Après des échanges informels, toutes deux se taisent brusquement, bouche bée à l'arrivée de Maxime sur la scène.

Sa démarche assurée n'a rien à envier à celle de ces quelques figures phares de la politique européenne qui patientent déjà sur le podium.

- Ce ne sont ni plus ni moins que ses « collègues » en quelque sorte, se dit Caroline impressionnée.

Il déclame un texte qui doit entrer dans l'histoire, ponctué par les applaudissements de l'assemblée, constituée essentiellement de journalistes du monde entier.

Les débats terminés, Maxime se précipite vers ses deux spectatrices préférées.

Il embrasse sa mère sur le front.
Caroline se souvient de cette marque d'affection lors de leur second rendez-vous, flattée qu'il l'associe à cet être cher.

Il prend Caroline par la taille. Dans un élan spontané, il s'empresse de faire les présentations comme s'il avait attendu ce moment depuis des années.

- Tu as devant toi un écrivain dont le dernier roman, à peine paru, grimpe en tête des ventes.

- Et toi, ma chère Caroline, je te présente cette maman exemplaire qui m'a élevé seule. Sans elle, j'aurais fini dans le caniveau.

Caroline lui prend les deux mains qu'elle serre chaleureusement.

- Tu la verras souvent parce qu'elle habite à Lyon sur la Presqu'île.

- Ah bon ? Ravie !

- Sans être envahissante, elle aime me voir une fois par semaine ou au moins m'avoir au téléphone.

- Une vraie mère juive ! Je connais ça !

- Elle n'a que moi et du coup a renoncé, à son grand désespoir, à être un jour grand-mère. Tu peux l'appeler Jacqueline.

Caroline n'a jamais évoqué son âge. Il doit cependant deviner que la nature a dépassé ses possibilités de procréation. Il écarte l'éventualité de réaliser le rêve de sa mère grâce à elle.

Elle qui pensait faire bien plus jeune que son âge, la quarantaine pimpante, révise son opinion. Cette constatation ne semble pas le freiner sinon il aurait choisi une femme plus jeune qu'elle.

Un homme respectable et austère échange à bâtons rompus avec un grand reporter, sous les feux des projecteurs. Il est visiblement peu perturbé par le brouhaha général dans ce lieu immense à l'acoustique peu performante.

- C'est un direct, commente Maxime.

- Ils parlent de quoi ?

Caroline n'a pas terminé sa phrase que l'homme interviewé se retourne vers lui pour le saluer. Il dépose ensuite un baisemain respectueux à la mère de Maxime aux anges.

- Liebe Jacqueline.

Maxime explique, moqueur, que sa mère est une habituée de l'Union Européenne et qu'elle est connue comme « le loup blanc ».

Le visage de Caroline blêmit. Il lui parle en Allemand, persuadé qu'elle comprendra. Comme si cela ne suffisait pas, elle lui répond avec un accent parfait.

- Gehen Sie, mein lieber Freund.

Même si l'Allemand est considéré comme la langue de l'Union Européenne, les Français ne la pratiquent pas comme l'Anglais.

Quant à la diction de cette octogénaire, elle semble aussi irréprochable que celle de son interlocuteur dont c'est la langue maternelle.

Maxime paraît embarrassé face à la surprise de Caroline devant le talent aiguisé de sa mère pour une langue souvent perçue comme secondaire.

Dès que Caroline dissipe ses inquiétudes quant à ses étranges découvertes, le présent la rattrape par des faits surprenants et incompréhensibles.

L'heureux trio s'échappe de la réception.

Le buffet dinatoire s'est révélé amplement nourrissant.

Ils décident donc de regagner directement l'hôtel sans passer par la case restaurant.

Dominant la skyline de Bruxelles, son hôtel fétiche, The Hotel, se dresse magistral, au cœur de l'Avenue Louise.

Là encore, le choix de Maxime sied à merveille à tout ce qui rend heureuse Caroline.

Lors de son dernier passage à l'occasion d'une dédicace, elle avait eu la bonne idée de ramener dans ses bagages, le parfum créé par l'hôtel où elle résidait pour une seule nuit féerique.

Cette senteur incomparable apporte une ambiance zen à son intérieur, propice à l'écriture et à la réflexion.

Caroline gamberge :
- Il doit faire passer ce genre de dépenses en notes de frais. De toute façon, il n'est pas à cours de revenus pour s'offrir les meilleures prestations.

Localisation pratique pour le retour en train, le lendemain vers 11 heures, de la Gare de Bruxelles-Midi. Ils pourront profiter du petit-déjeuner, ce qui enchante Caroline.

Jacqueline les salue par des baisers bienveillants, même Caroline qu'elle serre dans ses bras. Elle rejoint sa chambre située deux étages en dessous de celles de Caroline et Maxime.

En foulant la moquette blanche épaisse du couloir qui dessert les chambres, Maxime lui explique que sa mère l'a eu jeune.

Elle s'est retrouvée veuve très vite après sa naissance. Elle a eu le mérite de l'élever seule. Elle n'a jamais refait sa vie car son fils était la prunelle de ses yeux et son unique préoccupation. Elle était danseuse. Elle a créé une école de danse, juste en dessous de leur appartement. Ce qui était pratique pour avoir un œil sur son fiston.

- J'ai grandi au milieu des tutus et des pointes.

- J'ai du mal à imaginer la scène !

- Maman a voulu faire de moi le nouveau Noureev mais la danse n'a jamais été ma tasse de thé.

- Pourtant tu es mince et gracieux.

- Merci Caroline !

- De rien Maxime !

- J'aimais lire, j'étais très sage. Un vrai petit garçon modèle ! Ce que j'adorais depuis tout petit, c'était l'histoire. Ce qui explique mon parcours ensuite et mes études.

Jacqueline avait eu l'ingénieuse idée de transformer le garage abandonné au pied de l'immeuble, en salle de danse classique avec plancher et barres le long des murs.

Elle habite toujours le même appartement. Son école est devenue la boutique d'un créateur de robes de mariée qui déplace la planète people pour ses modèles exclusifs.

- Elle habite dans le vieux Lyon, rue François Dauphin, près de la place Bellecour. Dans le 2ème. Tu connais ?

- Je vois de quelle boutique tu parles… J'adore la Place Bellecour. Si j'habitais Lyon, c'est là que j'essaierais de trouver un appart' !

- Tu verras bientôt le sien. On s'invitera. Elle n'attend que ça.

Maxime se déclare impatient d'avancer dans sa relation avec Caroline.

- Il n'a pas le temps, c'est vrai ! pense Caroline qui veut calmer son désarroi face à un tel empressement incongru.

Caroline s'accorde une petite douche rapide dans sa chambre, pour se pomponner en vue de ce rendez-vous intime.

Elle se demande pourquoi il n'est pas plus offensif dans la séduction. Elle crève de lui « sauter dessus ». Le goût de ses lèvres sur les siennes est resté gravé en elle au cours de ces derniers jours, avec un sentiment d'inachevé.

Sûr qu'ils passeront à l'acte ce soir d'autant qu'ils sont en terrain neutre et que Caroline ne sera pas perturbée par des tracas extérieurs.

Encore une fois, il n'a pas été clair au sujet de l'allemand pratiqué couramment par sa mère, Française comme lui.

Caroline se serait pourtant contentée d'une réponse évasive du style « Elle était première en Allemand à l'école » ou « Elle a toujours aimé les langues ». Mais non, rien, aucune explication n'est venue apaiser ses interrogations.

*

A la vue de sa silhouette frêle et radieuse, Maxime s'esclaffe d'admiration. Sa robe noire très Jacky O., hyper sobre, est relevée d'un amoncellement de colliers dorés et de chaussures à talons vernies bleu électrique qui aimantent le regard avisé de Maxime.

- Il faut que je sois au top ! s'était-elle dit en préparant sa valise week-end.

Lui aussi, a échangé le costume classique de la conférence de presse pour un autre aspect.

En total look cow-boy, il porte le jean comme personne.

Pensée totalement hors sujet…
Caroline se demande bien où il range tous ses costumes, ensembles de toutes sortes, une vraie garde-robe de star.

Dans la chambre fourre-tout des secrets ? Elle n'avait pas remarqué de placard, juste une armoire Napoléon III. Là, verres, tasses, services de toutes sortes s'entassent pêle-mêle sans espoir de figurer un jour prochain, sur la table du salon clinquant.

Sa chemise à carreaux griffée lui tape littéralement dans l'œil. Bien assortie à son jean basique, elle assure à Maxime une classe incontestée.

Ils se retrouvent tous les deux dans cette chambre avec vue sur le tout Bruxelles, baigné dans un brouillard londonien.

Heureux d'être enfin ensemble, depuis l'éternité qu'ont représentée les quatre jours de séparation, ils se précipitent l'un contre l'autre et s'embrassent avec fougue.

Caroline ressent le vertige incontrôlable du désir.

Tout chez cet homme la subjugue, même la progression calculée pour la conquérir.

Il fait monter la mayonnaise jusqu'à ce que ça soit elle qui réclame ! Une habileté de professionnel.

L'idée qu'il soit un charmeur habitué à des conquêtes multiples lui effleure l'esprit. Mais quelle importance ? C'est elle qui est là face à lui. Personne d'autre.

Elle convoite son corps et n'a qu'une seule pensée, se laisser aller à ses caresses dévorantes. L'adrénaline est à son comble. Elle rêve de fondre de plaisir dans ses bras protecteurs.

Ils s'installent sur le canapé de cuir blanc face à un point de vue inédit de la capitale.

Après une journée bien chargée, cette chambre prend des airs de refuge.

Room Service
Le groom livre, de manière solennelle, un Magnum de Champagne et des fraises.

Ils interrompent leurs étreintes pour siroter la boisson magique en se dévorant du regard. Il garde une main sur sa jambe comme s'il craignait qu'elle s'échappe.
Irrésistible emprise.

Elle n'a pas l'intention de retourner dans sa chambre. Elle s'apprête à passer la plus suave des nuits à Bruxelles qu'elle sacre désormais Ville des Amoureux, à l'instar de Venise.

Perturbant ces prémices prometteuses, sa mère lui demande instamment de venir régler sa climatisation.

Maxime s'excuse auprès de Caroline.

- Je n'en ai pas pour longtemps. Mam n'est pas la reine de la technologie !

Elle apprécie ce côté enfant chéri, aux petits soins pour sa maman. A condition que cette affection ne soit pas abusive.

Son expérience avec un certain Baptiste qui ne pouvait pas se passer de sa mère et qui l'appelait à longueur de journée, avait eu raison de leur couple. Pourtant Caroline avait cru que c'était le bon !

Cet attachement maternel la rassure cependant quant à son imagination galopante à l'égard de cet homme toujours impénétrable mais qui embrasse si bien !

Caroline se retrouve isolée dans un univers protégé avec ce parfum enivrant qui lui est familier.

Elle monte le son de la télévision à écran plat et panoramique. Le programme international des différentes chaînes ne la dérange pas.

Située au 15ème étage, la *Superior Vista Room* offre une vue spectaculaire sur l'avenue éclairée de mille feux.

Caroline explore les lieux au charme somptueux et épuré pour tuer l'ennui.

Elle essaie les nombreux accessoires high-tech en s'émerveillant comme une enfant. C'est tout Caroline !

Flûte de Champagne à la main, elle bloque la porte à l'aide de la chaîne de sécurité. Elle constate que Maxime a laissé les deux cartes magnétiques sur le lit aux belles étoffes. Il ne pourra donc pas entrer dans la chambre si elle ne lui ouvre pas.

Son ordinateur trône sur le bureau design, dans un véritable espace professionnel, agencé pour les nombreux hommes d'affaires qui séjournent dans la capitale européenne.

C'est tentant… Caroline s'en veut de tromper ainsi sa confiance.

S'il avait des choses à dissimuler, il n'abandonnerait pas tout comme ça, à sa disposition.

Elle se permet d'ouvrir la sacoche au monogramme audacieux. Allégée de l'ordinateur, elle reste encore bombée tant elle regorge de documents.

Elle écarte le dossier rouge, marqué d'une étiquette UE. Puis elle passe en revue les quelques papiers personnels.

Le portefeuille de cuir à damiers marrons arbore une multitude de cartes bancaires. Comment peut-on en avoir autant ? Elle retrouve la fameuse carte d'identité de son nom « officiel » qu'elle s'empresse de capturer avec son téléphone.

La poche latérale, fermée d'une seule pression dorée, contient des attestations, assurances, mutuelle… et un cahier de notes noir. Elle les bouscule à la recherche d'éléments précieux pour son enquête. Rien d'intéressant !

Elle s'empare du cahier Moleskine, retire la fermeture élastique.

Elle feuillette rapidement les pages ivoire, encombrées de textes rédigés par Maxime. Une sorte de journal intime. Elle pourrait s'attarder à les lire mais le temps presse.

Elle écarte la pochette intérieure à soufflet qui achève le cahier. Ses doigts effleurent un feuillet à la texture épaisse.

Elle frémit de désarroi devant un document dont la teinte sépia reflète la valeur. Décidément, Maxime excelle dans les jardins secrets.

Elle le déplie avec précaution de peur de le détériorer tant il paraît ancien.

Terrorisée à l'idée que Maxime revienne pile à ce moment-là, elle ne peut s'empêcher de jeter un œil vers la porte.

Ce papier est en allemand. Encore ! Avant d'essayer de le comprendre, elle l'ajoute à son album photos « Inconnu ».

German Order, écrit en police de caractères germanique, annonce l'objet. Elle est persuadée de se trouver en présence d'un original et non d'un duplicata.

Au bas, avant la signature manuscrite illisible, elle entrevoit une date et une ville,
München 9. Januar 1943

Une énorme médaille semblable à une légion d'honneur est imprimée en vedette. Elle est visiblement décernée à la personne dont le nom *Helmrich* lui rappelle quelque chose.

Elle fait défiler, à toute allure, les photos de son téléphone. C'est le même nom que sur le certificat de naissance de la chambre aux secrets mais précédé d'un autre prénom *Ludwig* !

Elle nage en plein thriller.
Pourquoi Maxime garderait-il un document aussi précieux en permanence, dans ses effets personnels, comme s'il s'agissait d'un passeport ?

Comme d'habitude, Caroline est partagée entre portrait au vitriol d'un Maxime fourbe et l'idée que ses fantasmes sont dus à son imagination d'écrivain.

- Si on savait tout, des personnes qui nous entourent, on serait fort étonné, se dit toujours Caroline.

Agent secret, espion à la solde d'un parti nazi ou terroriste… Des découvertes incompréhensibles viennent étayer, à chacune de leurs rencontres, ses soupçons invraisemblables.

Pourtant, s'il voulait taire une partie de sa vie, pourquoi prendrait-il le risque de dévoiler des faits à quelques curieux ?

Il laisse peut-être traîner sciemment des indices pour piéger Caroline. Puis il l'étranglerait de ses mains gantées de cuir noir.

*

Maxime tambourine à la porte.

- Coucou… Tu m'ouvres chérie de mon cœur ?

Il casse la perplexité de Caroline par son attitude légère et confiante. Elle est meurtrie de honte et de regrets.

- Pétard… Deux secondes…

Elle ne justifie pas l'attente. Elle range le cartable à la vitesse Grand V. Elle tâche de remettre chaque chose à sa place.
Le portefeuille dans une des poches latérales. Le papier, replié en quatre, dans le soufflet du carnet…

Enfin, elle pose la sacoche parfaitement parallèle à l'ordinateur, après l'avoir fermement zippée.

Caroline serait-elle en danger ?

Elle aimerait avoir le courage de mettre Maxime au pied du mur. Mais elle tremble de peur à l'idée qu'il se métamorphose en un personnage diabolique.

Elle imagine le beau charmeur prendre les traits d'un voyou sans vergogne.

Satisfaite par sa pêche miraculeuse, elle a du pain sur la planche à son retour.

Elle aura fort à faire à analyser les pièces à conviction et procéder à des rapprochements entre elles. Voilà de quoi la sortir de la rigueur monacale qu'elle s'impose dans son métier d'écrivain.

*

Tous ses tracas passent à la trappe dans les bras de Maxime où elle se recroqueville instantanément pour monopoliser ses pensées.

Il prend des aises et se montre enfin entreprenant. Il l'entraîne sur le lit, soulève sa robe, effleure ses cuisses frissonnantes.

Ses mains goûtent, avec ravissements, l'extrême douceur d'une peau rêvée depuis longtemps. Il arrive au clou du spectacle mitonné par Caroline. Il s'extasie de ses bas noirs en très fine résille, agrémentés de dentelle.

- Humm ! C’est magnifique tout ça. Tu es très sensuelle.

Caroline avait préparé habilement sa surprise. Ses bas retenus par des jarretelles donnent à ses jambes un superbe galbe. Elle languissait qu’il aboutisse à ce trésor sensuel.

- Bas, résilles, jarretelles ! Humm ! J’adore ton franc-parler mais aussi tes dessous affriolants. Tu es aussi canon en costume qu'en lingerie. Je te dévore !

Juste avant la dédicace du Grand Café des Négociants, Caroline était prête à rencontrer quelqu’un. Mais elle faisait l’éloge de l’aventure amoureuse plus que d’une grande histoire d’amour, induisant qu’elle ne croit plus au Père Noël ni au Prince Charmant.

Pourtant il est là, allongé sur son corps chancelant. Il la couvre de tendres baisers jusque dans des zones inexplorées de son être, totalement soumis à ses désirs.

Nus sous la douche, ils continuent inlassablement à explorer leurs corps passionnés, se savonnant, se cajolant, l’un contre l’autre, de dos, de face.

Caroline parvient à offrir un résultat glamour en dissimulant son intimité avec la vapeur d'eau.

Cette idée photogénique fait grimper l’excitation de Maxime, victime bienheureuse des stratagèmes de la sexy Caroline.

*

Il doit être quatre heures du matin quand ils trouvent enfin le sommeil après leurs ébats torrides.

Amoureux, repus, épuisés par cette avidité partagée.

Caroline loue cette « belle » rencontre même si elle devait lui donner du fil à retordre. Une véritable bouffée d'air pur dans ce métier qui lui impose un huit clos permanent.

Ces rendez-vous, ces invitations, cette complicité lui font espérer un amour fusionnel. Elle avait vécu dix ans avec son mari sans jamais l'avoir rencontré. Et lui, en deux semaines, est passé du rang de « Inconnu » à « Amoureux unique ».

Le flou qui entoure ce personnage parfait sous tous rapports ne fait qu'émoustiller cette fascination passionnelle de Caroline pour Maxime.

C'est lui qui est venu à elle. Il l'a cherchée.

Caroline a toujours voulu que les choses s'imposent dans sa vie privée. Elle n'a jamais provoqué le destin et restait sourde aux propositions sérieuses. Ses aventures passagères illustrent sa vision désabusée de la sincérité des sentiments.

Maxime a fait monter la température d'un cran. Comment résister à son magnétisme ? Il a débarqué dans sa vie comme une tornade.

Serait-elle la proie d'une sombre machination ?

Il la rend belle, séduisante, désirable. Il bouscule son moi profond et ses certitudes. Depuis qu'elle le connaît, elle n'a pas écrit une ligne.
Elle bouleverse sa garde-robe avec comme seule pensée, lui plaire. Son indépendance légendaire est passée aux oubliettes. Elle ne se reconnaît plus.

Lui, est toujours égal à lui-même. Très élégant dans ses costumes, il semble toujours à l'aise, avec une certaine désinvolture, les mains dans les poches.

La classe innée. Il ne se doute pas un instant de la méfiance de Caroline.

Cette nuit cocooning cinq étoiles frôle le rêve à l'état pur même si Caroline pense que le luxe n'a aucune importance quand on est amoureux.

Il y a de la magie dans l'air.

Mais que cache Maxime ? Qu'est devenu l'objet de leur rencontre, l'écriture de la biographie d'une de ses amies ? Maxime n'a jamais évoqué cette demande. C'était bel et bien un prétexte.

6.

Elle ne verra pas Maxime cette semaine. Il s'absente pour huit jours, le temps d'un colloque à Washington.

- C'est la version officielle, se dit Caroline.

Sceptique, elle se demande s'il ne se rend pas en Allemagne.

Il faudra qu'elle le piège sur la météo et qu'elle soit attentive aux bruits qui l'entourent pour le prendre en défaut.

De toute façon, il semble exceller dans le mensonge par omission. Il trouvera certainement une pirouette pour éviter de répondre à ses incertitudes.

Il se plaint de ne plus en pouvoir de ce « boulot de représentation » et préférerait mille fois passer du temps à ses côtés.

- Une méthode subtile pour faire vrai, se dit Caroline dubitative.

Ce départ l'arrange. Ces quelques jours loin de lui et de toute possibilité de le voir, lui permettront de reprendre ses esprits.

Et puis, l'album « Inconnu » s'épaissit.
Elle doit croiser les éléments, analyser les photos précieuses qu'elle a dégotées au cours de ses recherches insidieuses.

- Je ne trouvais plus mon passeport. J'ai cru que j'annulerais mon départ.

- Ah bon ? Quelle cata !

- En fait, je ne l'avais pas rangé à la même place.

- Pourtant tu as l'air ordonné !

- Je devais être troublé à Bruxelles… Je ne retrouvais rien dans mon cartable.

Caroline ne prononce mot devant cette réflexion.

Elle tremble de peur à l'idée d'être accusée de ce désordre. Elle serait démasquée. Il lui annoncerait une rupture immédiate. Comment peut-il avoir confiance en une femme qui fouille ainsi dans ses affaires personnelles ?

Elle n'avait pas eu le loisir de remettre chaque objet à la bonne place.

Il avait été très rapide, pressé sans doute de la rejoindre. Si ça se trouve, elle aurait trouvé d'autres atouts pour le confondre avec un peu plus de temps.

Mais non ! Il s'en veut à lui-même. L'idée que Caroline soit la responsable de cette confusion ne lui effleure même pas l'esprit.

*

La semaine s'annonce chargée également pour elle.

La promotion de son roman bat son plein. Elle est absorbée par une dédicace à Genève.

Plus ardu, elle doit aussi enregistrer une émission télé dans les conditions du direct. Elle sera la seule écrivaine sur le plateau, aux côtés d'anonymes et de quelques représentants d'associations sportives, culturelles œuvrant dans les quartiers difficiles.

Le thème « Arrêtons de stigmatiser les banlieues » est si bien illustré dans son opus « Nina 2 » qu'elle est le témoin idéal de ce fait social.

Elle doit soigner son image. Elle visionne quelques émissions pour se préparer.

Les invités sont assis sur un immense canapé de velours rouge. Les téléspectateurs la verront donc entièrement.

Elle sera attentive à sa posture. Ses vêtements doivent être étudiés. Elle écarte tout d'abord tout ce qu'il ne faut pas porter, tenues étriquées, jupes courtes… pour retenir un costume rouge et souple. On n'aura d'yeux que pour elle avec cette couleur qui accroche la lumière.

Côté contenu, Caroline est à l'aise dans son discours. Elle sélectionne deux passages courts et parlants du livre qu'elle devra lire.

*

Elle pourra juger avec du recul si la présence de Maxime lui manque et s'il lui est insupportable de ne pas avoir la perspective de le voir.

En raison du décalage horaire, ils ne pourront pas beaucoup se parler. Il est six heures plus tôt à Washington qu'à Paris.

Caroline lui confie qu'elle souffre d'insomnies récurrentes. Alors, des appels à quatre heures du matin ne l'importuneront pas, bien au contraire.

Son état d'esprit du jour ? Décoder le dernier document trouvé. Elle l'inclut sur son ordinateur au dossier « Inconnu ».

Que signifie *German Order* ?
Traduction : *L'Ordre Allemand*
Vive Wikipédia !
L'Ordre Allemand est la plus haute récompense que le parti nazi pouvait accorder à un individu pour ses services à l'État et au parti. Les deux seuls récipiendaires qui ont reçu l'Ordre Allemand et ont survécu à la guerre étaient Konstantin Hierl et Ludwig Helmrich.

Adolf Hitler considérait ce prix comme sa décoration personnelle à accorder uniquement à ceux dont les services à l'État, le parti et le peuple, il jugeait digne.

Caroline frissonne de la tête aux pieds avec cette introspection dans la Seconde Guerre Mondiale.

Elle, l'historienne, n'avait jamais entendu parler de cette expression « German Order ». Avec le temps, sa mémoire s'est certes amenuisée et l'époque de ses cours d'histoire est déjà loin derrière elle.

Ludwig Helmrich

C'est bien le nom qui est indiqué sur le papier.
Ce serait donc une médaille militaire qu'aurait reçue ce Ludwig Helmrich en pleine Guerre Mondiale, le 9 Janvier 1943.

L'Ordre Allemand est considéré comme le deuxième prix le plus rare de l'Allemagne Nazie après le Prix national d'art et de science. Les détenteurs de ce prix étaient censés former une confrérie.

Ce fameux *Helmrich* aurait donc été récompensé par Hitler pour services rendus et probablement pour excès de zèle, à titre militaire.

Il était méritant. Il a dû déporter des milliers de Juifs, les gazer, les torturer, faire des rafles… Si le Führer l'a décoré de cette suprême distinction, c'est que ce Ludwig devait se flatter d'actes barbares encore plus terribles que les autres Nazis.

- C'est une horreur !

Mais quel rapport entre cet obscur Nazi et Maxime ? Quel lien entre la carte d'identité datée du 18 août 1961 et cette médaille du 9 Janvier 1943 ?

Le nom de famille, tout d'abord…
Il est identique : *Helmrich*.
Les deux villes également.
Même si elles sont différentes, *Rosenheim* et *Munich* sont situées à proximité.

Par contre, une génération entière sépare ces deux documents.

Ludwig pourrait être le père de *Hans*…
Comment additionner les trois maillons de la chaîne?
Ludwig - Hans - Maxime…
… voire les quatre maillons, si on inclut *Jacqueline* qui s'exprime dans un Allemand courant avec pourtant un prénom français à souhait.

Il existe forcément un point commun entre eux, sinon Maxime ne conserverait pas ces documents comme des trésors dont il ne se sépare pas.

Et puis, surtout, très troublant, Maxime a la même date de naissance que ce Hans.

Elle nage en plein polar.

Prochaine mission ? Interroger Maxime à propos de son père. Elle sait seulement qu'il est mort depuis longtemps. Rien de plus.

Une personne ne peut pas avoir deux cartes d'identité, deux noms, deux villes natales.

Avec son poste en vue, qui plus est à l'Europe, nombre de ses détracteurs auraient mis le doigt sur ses tricheries ou origines peu illustres, si elles étaient fondées.

Ils se seraient empressés de le démasquer et de le mettre au pilori d'autant que les Allemands aujourd'hui sont dans le déni le plus total.

Ils font comme si Hitler avait été un pion solitaire et qu'ils ne l'avaient pas tous suivi. Pourtant chacun d'entre eux a des ancêtres qui ont adhéré au dictateur.

Cette médaille a tout d'une Légion d'Honneur. Entre les bras de la croix d'émail noir, quatre aigles aux ailes poilues portent une couronne agrippée dans leurs griffes. Au centre, trône en guest-star, la sinistre croix gammée noire.

*

Maxime l'appelle de Washington. Elle décroche, bien décidée à le soumettre à un interrogatoire. Il est à des milliers de kilomètres d'elle. C'est une situation confortable.

- Je peux te poser une question ?

Entrée en matière stupide qui dénote l'appréhension de Caroline à l'idée de la réponse cinglante ou évasive, comme à son habitude, de Maxime.

- Oui ma chérie…

Caroline est troublée par cette marque d'affection très possessive. Elle lui appartient désormais.

Elle pourrait s'en réjouir mais ne peut s'empêcher de penser au pire. Il se l'accaparerait pour mieux la détruire quand elle serait complètement sous son joug.

Elle se compare à Ilan Halimi. Ce jeune homme s'éteignait il y a déjà plus de vingt ans, au terme d'un indicible calvaire infligé parce qu'il était juif. Lui aussi s'était fait manipuler par une jeune fille, superbe, qui l'avait séduit.

Ce jeune Juif torturé puis assassiné par le gang de Fofana, avait succombé après vingt-quatre jours de sévices.

Elle a du mal à imaginer que Maxime soit juste un leurre et non le commanditaire ou le maître à penser d'un quelconque complot.

Serait-il le chef d'un mouvement néonazi ? Et dans ce cas, pourquoi la choisir elle ?

Ilan non plus n'était pas célèbre, ni riche d'ailleurs. Le manque de culture de ses ravisseurs avait associé « Juif » et « richesse ». Un raccourci stupide.

Maxime est tout sauf inculte. Il est brillant. Il sait tout sur tout. Alors quel intérêt aurait-il à séduire Caroline pour la tuer ?

Elle doit arborer la plus grande habileté pour que Maxime se montre sous son vrai visage. Elle se sent forte et courageuse d'autant plus qu'il se trouve à l'autre bout du monde… En principe…

Elle passe de tout au contraire de tout.

Se reprenant, malgré ses angoisses, elle pose la fameuse question.

Elle opte pour la visio sur WhatsApp. Elle pourra ainsi déceler ses hésitations bien plus que sur une simple voix.

- Ton père est mort quand ? Tu n'en parles jamais…

Devant son silence, elle rajoute :

- Et surtout il a vécu où ?

Elle se reproche d'avoir prononcé le mot « surtout », trahissant l'objet de ses recherches et de ses découvertes.

L'immense Suite de Maxime révèle le fameux cartable, jeté comme à Bruxelles sur le bureau qui visiblement n'a pas servi pour l'instant.

Devant l'air surpris de Caroline, Maxime lance avec beaucoup d'humour, en parlant de sa chambre disproportionnée.

- T'as vu ? Cette chambre est tellement grande qu'on pourrait y loger tous les réfugiés de la Jungle de Calais…

Et de rajouter :

- Sans toi, elle est déserte.

Elle a essayé de le prendre en flagrant délit de mensonges mais n'y est pas parvenue pour l'instant. Il a réponse à tout.

Elle a vérifié sur son appli Météo si les 15° annoncés correspondaient bien à la température de Washington. Oui…

Mais il a pu faire comme elle et télécharger ces outils basiques pour répondre à toutes ses questions en étant crédible. Elle devra être plus pointue pour vérifier l'exactitude de ses dires.

Son téléphone sonne. Sauvé par le gong, Maxime doit se rendre au bar de l'hôtel pour une interview imprévue. Il ne répondra pas à sa question brûlante sur son père.

Il raccroche en jurant !

- Zut ! Zut ! Et re-zut !

Dépitée, Caroline ne peut pas l'accuser d'éluder ses questions. Elle a entendu elle-même le téléphone sonner.

Si l'adage « La chance n'existe pas, mais le hasard fait parfois bien les choses. » se révèle exact, Maxime est blanc comme neige.

Elle a tort de galoper dans une imagination négative qui lui gâche ce début d'histoire d'amour avec cet homme beau, intelligent, attentionné.

Il essaie de la rappeler plusieurs fois sans succès. Au beau milieu de la nuit, en pleine dédicace ou au cœur de son interview télé… C'est toujours le mauvais moment.

Elle devra attendre son retour pour satisfaire sa curiosité. A chaque fois qu'elle l'a rappelé, c'était à son tour d'être injoignable.

La semaine est passée plus vite que prévu.

*

Elle décide de faire la surprise à Maxime de l'attendre à l'aéroport.

Il lui avait annoncé la date de son retour. Après avoir consulté les vols Washington Lyon, elle constate que seul un vol est programmé ce jour-là.

Caroline adore les aéroports et passeraient des heures à voir décoller les avions de la salle d'embarquement.
Un goût de liberté !

Et puis ainsi, elle apprendra enfin la vérité. Mensonge ou réalité ? Elle saura s'il est vraiment parti à Washington.

Les yeux rivés sur le tableau des arrivées, elle a le vide dans le ventre d'appréhension.

International Arrivals
Flight AF069
From Washington
Time 15:40
Remarks On time

La très forte présence policière intrigue Caroline qui s'enquiert auprès d'un flic gradé, de la raison du renforcement de la sécurité.

- Plan Vigipirate. Sinon je peux vous aider à autre chose ?

Il la drague ouvertement.

Il faut dire que Caroline a soigné son apparence avec un T-shirt à message adapté à la circonstance, rouge sur fond blanc « Air Kiss ».

Vol AF 069, 15H40
A leur descente d'avion, les voyageurs se pressent. Foire d'empoigne. Beaucoup sont attendus.

Caroline se demandait si Jacqueline serait présente.

Non ! Ce qui lui laisse à penser qu'il n'est peut-être pas dans ce vol ou peut-être pas parti du tout à Washington.

La foule des passagers se dissipe. Caroline, découragée, s'apprête à rebrousser chemin, bredouille.

Tout à coup, Maxime, casquette de gavroche sur la tête et yeux rougis de fatigue, tout sourire, apparaît. Une vraie star !

Il récupère ses bagages, perd son sourire en apercevant Caroline qui l'attend en zone publique.

Penaude, elle s'approche de lui en lui collant un baiser sur ses lèvres entrouvertes de stupeur.

- Je voulais te faire la surprise… Tu es content ?

- Oui… Oui bien sûr… Mais tu aurais dû me prévenir…

- Je repars si ça te dérange.

Ce n'était pas la destination de Washington, le mensonge.
Il doit être attendu… Probablement par une autre femme. Elle se retourne à la recherche de cette personne qu'apparemment Maxime veut lui cacher.

Muni de son bagage unique, il l'entraîne avec sa bonne humeur retrouvée.

- Que vas-tu chercher ? Personne ne m'attend…

- Tu fais la tête ! Je vois bien !

- Tu es bizarre toi parfois. Tu es la seule femme de ma vie.

- Eh ben alors pourquoi cet accueil, moi qui croyais te faire plaisir ?

- Après huit heures de vol, je ne serai probablement pas très opérationnel, voilà tout.

- C'est pas grave, ça.

- Je n'ai rien dans mon frigo. On dîne en ville… Oui ? Tu es d'accord ? Tu restes avec moi de toute façon…

Maxime tente de réserver son bouchon lyonnais préféré, en kit mains libres, dans sa voiture retrouvée.

Ils ont mis une heure pour remettre la main dessus. Maxime avait égaré le ticket de parking ce qui lui a valu de payer le tarif maximum.

Caroline a eu la bonne idée de prendre la navette Gare de Grenoble - Aéroport Saint Ex. Elle est donc libre de toute contrainte.

- *Le Café de la Fédération* a une table. Trop content ! Ça fait trois fois de suite que je réserve et qu'ils n'ont pas de place. Tu verras c'est le top du top !

Entre les bagages et la quête du véhicule, l'heure du dîner est arrivée.

Caroline s'interroge sur le masque de Maxime à sa vue à l'aéroport. C'est étrange !

C'est peut-être encore une fois son imagination intarissable qui associe surprise et mécontentement.

Et puis elle ne le connaît pas tant que ça. Tout le monde n'a pas les mêmes réactions.

Caroline, elle, est transparente.

Furieuse, gaie, triste, amoureuse… elle affiche la couleur. Elle a du mal à comprendre les autres comportements. Il faut dire qu'elle n'a aucun secret !

Elle admire sa façon sportive de conduire. Elle lui caresse la cuisse en penchant sa tête sur son épaule.

- Tu es heureux que je sois là, finalement ?

- Mais bien sûr ! Que vas-tu chercher ? Tu sais, je suis un peu crevé.

- Oui ! Oui ! Je sais, tu m'as expliqué… Mais quand même…

- Ces voyages ne sont pas de tout repos. Ils n'ont rien à voir avec des vacances. Je n'ai même pas pu visiter le moindre monument ni me promener dans la ville.

- Ah bon ? C'est dommage !

- Oui ! Et puis… J'avais peur que tu ne me vois pas sous mon meilleur jour.

- D'abord, tu es toujours magnifique, élégant… et tout… J'adore ta casquette !

- N'en jetez plus Mademoiselle !

- Tu sais si on vit ensemble, on ne sera pas toujours amené à se côtoyer comme si on était en représentation.

- Exact !

- Ce sera pareil pour moi. Tu ne m'as jamais surprise, ébouriffée, au lever du lit ou en train d'astiquer ma cuisine en haillons, comme Cosette…

Caroline ne regrette pas son initiative même si elle fait encore chou blanc.

Cette idée lumineuse était faite pour confondre Maxime qu'elle soupçonnait de ne pas avoir été à Washington. Au lieu de ça, c'est tout le contraire ! Il s'est bien rendu dans la capitale des États-Unis.

Elle est décidée à lui poser des questions précises afin d'écarter toute suspicion à son égard. Il est grand temps d'apprécier cette rencontre inattendue et magique.

Caroline s'en veut de son pessimisme comme si cette histoire était trop belle pour être authentique.

Il faut dire que si elle lui faisait part de son étonnement tout simplement, elle serait peut-être définitivement rassurée.

Caroline se sent résolue à partager chacune de ses appréhensions pour le pousser dans ses retranchements.

De toute façon, elle ne pourrait pas vivre avec un homme qui lui ment sur son passé.

Malhonnête ou intègre, il suscite l'intérêt grandissant de la rebelle Caroline.

Elle doit affronter le problème à bras le corps pour profiter pleinement du présent.

7.

D'une grimace critique, Caroline détaille son visage dans le miroir grossissant de la salle de bains.

Elle feuillette tous ses magazines féminins pour glaner des échantillons de produits de beauté.

Elle se lance dans une opération peau neuve en enchaînant peelings, masques hydratants, crèmes nutritives.

Hormis ses représentations à l'extérieur, Caroline ne fait pas vraiment cas de son allure. Habillée simplement, elle prône le « No Make-Up ». Elle joue volontiers les garçons manqués depuis son adolescence.

Aux côtés d'un dandy comme Maxime, il va falloir se surpasser. Rester toujours rayonnante, malgré ses insomnies récurrentes, reste un challenge ardu à son âge.

Cela fait bien longtemps qu'elle ne s'est pas remise en question. Depuis Maxime, elle est dans les starting-blocks pour l'épater.

Ils ne se sont pas donnés rendez-vous. Elle ignore quand elle le reverra.

Son assiduité dans les textos et ses appels soutenus lui font penser qu'il reste avide de sa compagnie.

Il a même déjà évoqué l'idée qu'elle s'installe chez lui. Elle pourrait écrire en toute sérénité dans sa chambre-bureau qui lui est maintenant attribuée.

La nuit idyllique qui a suivi le dîner succulent du bouchon lyonnais lui a fait oublier son anxiété.

Pourtant, elle n'a toujours pas obtenu de réponse à ses interrogations. Sont-elles sans fondements ou a-t-elle mis la main sur un « truc fou » comme elle nomme ses découvertes ?

*

Caroline se retrouve chez elle, seule, à l'abri du regard de Maxime. Elle veut accorder le temps nécessaire à percer les énigmes de ses dernières trouvailles.

Bien décidée à mettre tout à plat, elle étudie méticuleusement son album « Inconnu ».

Tout a commencé par la chambre aux secrets qu'elle a pu pénétrer grâce à l'une des trois clefs aux étiquettes incompréhensibles.

Pourquoi fermer à double tour une pièce dans son appartement si ce n'est pas pour dissimuler quelque chose ?

Le tiroir abritant des lettres anciennes avait attisé sa curiosité. Sur la dizaine d'enveloppes, aucune adresse, juste le même texte, écrit à la plume : « A toi ».

Elle ne saura peut-être jamais qui est l'auteur de ces courriers. Pas Maxime en tous les cas puisque son écriture ne correspond pas à celle-ci. Il en était donc peut-être le destinataire.

A l'intérieur de la seule missive qu'elle a pu décacheter, la mention *« Les Misérables » de Victor Hugo* l'avait fait aboutir à la pièce numéro 1 : la carte d'identité.

Blottie entre les deux dernières pages du roman, elle s'est révélée d'origine allemande.
Hans Helmrich
18. august 1961
Rosenheim

En la comparant à celle de Maxime, elle a repéré une similitude saisissante, la date de naissance, mais associée à un autre nom et une autre ville.

Un frère jumeau ? Une autre personne née le même jour que Maxime ?

Assembler les pièces de ce casse-tête et déchiffrer la vérité, voilà son objectif. Pour arriver à ses fins, elle se sent prête à toutes les audaces.

La carte d'identité (pièce numéro 1), le certificat de médaille militaire (pièce numéro 2) puis l'allocution parfaite de sa mère en Allemand…

Tous ces indices ramènent l'enquêtrice à l'Allemagne, encore et toujours.

Ce qui l'inquiète le plus, c'est que la deuxième pièce du puzzle date de l'époque la plus sombre qui soit, la Seconde Guerre Mondiale.

Des signes SS, des noms à faire frémir la femme juive qu'est Caroline l'inciteraient à fuir Maxime sur le champ. Mais elle est aimantée par cette affaire et ne peut s'en détacher. Elle doit élucider cette charade quitte à se mettre en danger.

Il n'a plus jamais évoqué le but de sa rencontre avec elle, c'est-à-dire le biopic de son amie. Prétexte pour l'attirer dans ses filets ? Certainement ! Sinon il se serait dépêché d'en parler. Peut-être prend-il le temps tout simplement puisqu'il a la perspective déjà de partager sa vie ?

Caroline mène son enquête à la manière d'un flic de série policière.

Elle saisit les trois mots-clés « Seconde Guerre Mondiale » sur les touches du clavier et, dans sa grande mansuétude, Google affiche 8 010 000 résultats. Rien que ça !

Ô surprise ! Nombre de sites prêchent l'apologie de l'idéologie fasciste et incitent à la haine raciale. Ecœurée et désappointée, elle s'intéresse à la graphologie et se lance même dans l'étude de l'Allemand.

Elle en vient à la déduction la plus cohérente.

Ludwig Helmrich, Nazi dévoué, était si louable dans le diabolisme qu'on lui a décerné une sorte de légion d'honneur.

Hans Helmrich serait son fils.

Honoré mais pas assez célèbre pour apparaître dans les têtes mises à prix par les Israéliens, Ludwig Helmrich ne figure pas parmi les Chefs Nazis pourchassés après la Guerre.

Caroline passe au crible la liste des criminels nazis condamnés par contumace en France, établie par Beate et Serge Klarsfeld. Le couple a passé plus de cinq décennies à mener son combat : chasser les Nazis ou toute forme de collaboration.

Pas de Ludwig Helmrich.
Pourtant il a survécu à la guerre puisqu'il fait partie des deux seules personnes qui ont reçu cette médaille de leurs vivants.

Pourquoi aurait-il été épargné ? Aurait-il rejoint, sous une autre identité, l'Amérique du Sud comme beaucoup de SS ?

Si ces fins spécialistes n'avaient pas mis la main sur lui, ce n'est pas Caroline dans son coin qui retrouverait sa trace.

Maxime est le seul à pouvoir lui révéler le fin mot de l'histoire.

Ces faits appartiendraient à un passé lointain et révolu si les dates de naissance de Hans et de Maxime n'étaient pas identiques.

Pourquoi Maxime conservait-il ce certificat vieilli dans ses effets personnels ? Le consulte-t-il régulièrement pour se gargariser de cet honneur suprême fait à cet horrible SS ?

- Quel imbroglio !

Se fait-elle manipuler ou instrumentaliser ?

Maxime veut-il lui faire payer un fait d'histoire ? Quel rôle joue-t-elle au milieu d'une telle famille ?

Pourquoi elle ?
Elle ne représente pas une figure du judaïsme ni du militantisme. Aucun membre de sa famille n'a vécu les camps de concentration.

Les siens vivaient tous en Algérie et n'ont pas connu les étoiles jaunes cousues sur les vêtements, les rafles dévastatrices et les déportations criminelles.

Sa crainte que Maxime appartienne à un groupe nostalgique de l'Allemagne nazie remonte donc à la surface. Mais cette appartenance aurait défrayé la chronique et il n'aurait pas pu garder son poste à l'Union Européenne.

Son physique de Viking qui avait dénoté dans l'ambiance pluvieuse de la dédicace, avait attiré Caroline dès qu'elle l'a vu pour la première fois.

Il aurait pu incarner Ludwig (justement *Ludwig*) dans *Le Crépuscule des Dieux*, le chef-d'œuvre de Visconti. Il est de la race aryenne, ce qui terrifie Caroline.

Pourtant, entre culture générale, allure à tomber et attentions multiples, il correspond en tous points à l'idéal masculin selon Caroline.

Son appartement l'a fait halluciner.
Sa visite vaut le détour et pourrait illustrer un magazine de décoration. Il l'accueille comme une reine dans son intérieur de célib'.

Son élan amoureux pour Caroline ne fait aucun doute. Ou alors il serait un excellent comédien.

Pourquoi chercher midi à quatorze heures devant ce tableau irréprochable ?

Elle saisit son téléphone et se confie à sa fille, sa meilleure confidente, par texto :

Coucou bichette

Ça va mother ?
J'avais plus de news…

Oui… mais il m'arrive un truc de dingue

Ah Bon ? raconte

Un type est venu à ma dédicace

T'es amoureuse ?

J'ai la trouille ! Il est top mais…

Mais what ?…

J'ai trouvé chez lui des papiers en Allemand

?????
T'as fouillé ? T'es crazy !

Il cache des trucs

Raconte !

Il est pro nazi je crois

Ça craint ! Et du coup ?

Je me demande ce qu'il me veut

Tu te fais peut être des films

Je mène l'enquête

Bon ben fais gaffe ! Kissssss
J'ai cours
A +

Caroline repose le téléphone, de plus en plus perplexe devant les photos réunies. Quoi qu'il en soit, elle devra faire émerger d'autres pistes pour résoudre cette devinette alambiquée.

Entre effroi et détermination, elle veut pousser Maxime à se dévoiler.

8.

Caroline arrive chez Maxime, les bras chargés de cadeaux. Des chocolats, une bouteille de Champagne Rosé et son premier roman *Trop cool* dédicacé. Elle n'a pas fixé de date de retour. N'ayant aucun impératif, l'un et l'autre, ils se réjouissent de leurs situations respectives.

- Vieillir a du bon. Pour moi je veux dire…

- Euh… Tu trouves toi ?

- C'est trop bien de pouvoir enfin profiter de la vie… et de toi surtout ma chérie.

Il dépose un long baiser sur sa bouche offerte.

- Moi tu sais, depuis le temps que j'écris, je suis habituée à cette indépendance. Je ne donnerais ma place pour rien au monde.

- C'est bien ! Mais encore faut-il pouvoir le faire !

- Mes droits d'auteur me suffisent et au moins je ne dépends de personne. Je m'estime très chanceuse.

Il s'émerveille des chocolats, son péché mignon. Comme un gosse, il déballe, sans attendre, le ballotin et en engouffre un avec gourmandise.

- Hummm…

Il lit la notice attractive :

- *L'alliance subtile de la clémentine confite et de la ganache noire…* Tout un poème de douceur sucrée…

Après s'être empressé de mettre au frais la boîte contenant le Champagne, il ajoute, connaisseur :

- Celui-là, frappé… il sera excellent. Bon, c'est pas le tout, il faut que je passe chez le traiteur.

- Ah bon ?   Je peux rester ici ?

- Oui ! Bien sûr ! Tu es chez toi !

- C'est gentil ! J'ai la flemme…

- Le frigo est encore désert. Avec mes habitudes de célib', j'achète tout au dernier moment ou je vais au resto.

Il prône les petites collations plutôt que les plats cuisinés.

- Ça te convient ? J'adore manger comme ça. On s'amusera à la dinette.

Au lieu de se déplacer, Maxime opte pour la livraison à domicile.

Caroline est au comble du bonheur. Elle a transformé sa vie, réglée comme du papier à musique, en une existence enthousiasmante pleine de surprises incessantes.

Il la gâte et n'a de cesse de l'enchanter.

Elle est fière de ses choix de cadeaux qui ont fait l'effet escompté.

Elle avait remarqué son goût pour le bon et simple, en matière de gastronomie. Ainsi, ils auront tout loisir de papoter et d'apprendre à se connaître.

Maxime feuillette le roman *Trop cool.*

Il se délecte de relire la dédicace poétique et suggestive :

A Maxime qui restera à jamais lié à mes romans
Caroline Lacoste

Jouant de malice, elle lui propose de se rendre à l'exposition du Musée d'Histoire de la Seconde Guerre Mondiale « Une étrange défaite ? Mai - Juin 1940 ».

Elle lui fait lire la présentation pour le motiver et surtout le tester.

10 mai - 25 juin 1940 : en six semaines, la France bascule dans la stupeur, l'effroi et le chaos.
Du jour au lendemain, 8 à 10 millions de civils sont jetés sur les routes de l'exode. Le régime politique est en crise. La défaite militaire s'annonce face à la puissance supposée de l'Allemagne nazie.

- J'étais invitée au vernissage mais je n'étais pas dispo.

Maxime ironise gentiment :

- Tu es très VIP.

- Arrête !... Je crois que leur fichier des profs d'histoire n'est pas à jour. Depuis le temps que j'ai quitté l'Education Nationale…

- Euh… Ecoute… Moi c'est pas forcément mon dada, mais si ça te fait plaisir, pas de problème, ma chérie.

Elle pensait le déstabiliser en évoquant cette époque. Il n'en est rien. Il demeure carrément impassible.

- Après les larmes, je vise une séance shopping pour passer au rire !

Caroline se délecte à l'idée de le juger pendant cette visite.

*

Il se montre distrait durant leur déambulation dans les salles aussi obscures que cette période. Peu attentif, il ne cesse de consulter son téléphone. Il ne lève la tête que lorsque sa compagne lui adresse la parole.

Dédramatisant le sujet, il s'amuse à comparer cet épisode de l'histoire, au film « La Septième Compagnie ».

- Il est où, Aldo Maccione ?

Caroline se moque de ses références qui connotent au niveau de son âge.

Ils sortent du Musée, main dans la main. C'est la première fois que Caroline tient un homme par la main. Elle le dévore du regard, se félicitant de la légèreté de cette union inattendue et protectrice.

Maxime pousse un grand soupir, débarrassé de cette épreuve soporifique.

Le plan de Caroline a échoué. Maxime ne présente aucune aptitude à l'apologie du Nazisme.

Rassérénée, elle est bien décidée à étouffer ses inquiétudes bien que l'ombre du doute subsiste.

Si les allusions indirectes ne font pas mouche, elle se verra dans l'obligation de le défier. Mais il trouvera certainement des réponses toutes faites, des échappatoires. Pire, il l'accusera peut-être de vol et lui demandera de s'effacer de sa vie.

Caroline se demande si elle ne fait pas de déformation professionnelle avec son imagination plus que fertile.

Même si elle est indépendante, elle chérit cette rencontre et la fusion dans laquelle ils se sont installés jour après jour.

Généreux, Maxime fait des haltes dans des boutiques sûres de plaire à Caroline. Il arrive à la convaincre d'accepter des sous-vêtements suggestifs d'une ligne érotico-chic rouge, en s'excusant.

- C'est plus un cadeau pour moi que pour toi, mais…

En quête de son parfum préféré, il opte pour l'écrin Collector.

- Tu aimes cette senteur ?

- A se rouler par terre !

Maxime lit à haute voix l'accroche très suggestive.

L'essence d'une femme libre et audacieuse. Un oriental féminin au caractère affirmé et pourtant d'une étonnante fraîcheur…

- Ça te ressemble tellement ! Si je devais te définir, je ne trouverais pas d'autres mots.

Caroline tient le rôle principal dans l'univers de Maxime. Entre un mari intello, allergique au shopping, et des conquêtes aussi futiles qu'éphémères, Caroline n'avait jamais connu les attentions d'un amoureux.

Devinant ses pensées, Maxime tout sourire et satisfait de son effet, charrie Caroline.

- Sous des airs de dure à cuire, tu es la plus sensuelle des femmes. J'aime cette ambivalence.

*

Elle prend des aises dans l'appartement de Maxime.

Sans attendre d'y être invitée, elle se dirige vers la salle de bains attenante à sa chambre.

La préparation de leurs soirées intimes est devenue un régal dont elle augmente la durée. Comme des prémices. L'enjeu est de l'éblouir par des looks inédits.

Une robe de cuir comme un fuseau
Qu'aurait du chien sans l'faire exprès
Et dedans comme un matelot
Une fille qui tangue un air anglais
C'est extra

Maxime l'accueille en chantonnant, d'une voix étonnamment harmonieuse, le tube de Léo Ferré.

Caroline se montre admirative :

- Tu as tous les talents !... Si tu me parlais de toi ?

Attaque agressive. Pourquoi n'y a-t-elle pas pensé plus tôt ? Il est évident que la meilleure manière d'obtenir des réponses est de lui poser carrément les questions.

En préambule, Maxime avoue ne pas aimer se retourner sur son passé.

- Ça l'arrange, pense Caroline, méfiante.

- J'ai une boîte pleine de photos. Je ne l'ouvre jamais.

En mettant la main dessus, elle éluciderait peut-être ses pressentiments. Est-elle entreposée dans une des chambres aux trois clefs mystérieuses « TR », « FR », « MR » ?

Certainement pas dans celle déjà explorée, *MR* (*Maxime Room* ?).

Elle l'aurait repérée. Pourtant elle aurait sa place dans ce lieu où il semble avoir déversé tous ses souvenirs.

- Avec ma femme, on s'est connus sur les bancs de la fac. Tu vas peut-être te moquer de moi mais c'est la seule fille avec laquelle j'étais sorti.

Perdu dans ses bouquins, il était peu sûr de lui. Avec sa blondeur presqu'albinos et son allure d'asticot, maigre à la taille étonnante, il faisait la risée de ses copains de classe.

Nathalie, sa femme, était convoitée par les plus beaux gars du collège. Et pourtant, allez savoir pourquoi, elle s'intéressait seulement à lui.

- On a commencé par réviser nos cours ensemble. De fil en aiguille, un baiser, et plus, on est devenus inséparables.

- Une belle histoire.

- Oui mais… Son père m'a menacé de m'interdire de la voir si je ne l'épousais pas. Un vrai ultimatum.

- C'est dingue ! C'est nul ! Quelle idée !

- J'avais à peine vingt ans ! On s'est mariés. Et on a vécu dix ans ensemble.

- Quand même… Dix ans !

- A l'époque, j'étais acharné au travail. Elle, elle faisait des allers retours entre l'Angleterre et la France. Elle était conférencière.

Un jour, elle lui a annoncé qu'elle avait rencontré un Anglais et qu'elle comptait s'installer avec lui.

- Je ne me suis même pas révolté. On était devenus plus amis qu'amants.

- Ah oui ? Comme avec mon ex-mari !

- Quand elle vient à Lyon, on prend un verre ou on se fait un resto. Tu seras certainement amenée à la rencontrer. Tu verras, elle est très sympa.

Caroline n'a aucune envie de lui présenter ses ex. Elle ne relève pas la proposition qui ne l'enthousiasme pas outre mesure.

- J'ai beaucoup changé. A l'époque, mon job c'était ma priorité. Peut-être qu'avec une femme comme toi, j'aurais été plus attentif à ma vie privée. Voilà le résultat ! Célibataire, sans enfants.

- Je ne suis pas loin d'avoir vécu la même chose.

- Je crois au destin.

Il loue la personnalité de Caroline, pleine de contradictions. Tour à tour garçon manqué en jeans-baskets puis féminine en dessous chics.

- Je t'admire d'avoir réussi à être aussi libre ! Dans ton travail je veux dire…

- Moi aussi je t'admire ! Tu me fais un bien fou !

Ecourtant ses éloges de Maxime, elle le remet sur les rails en poursuivant, sur la lancée de son interrogatoire.

Elle veut arriver à l'Allemagne. Et pour l'instant, aucune révélation ne fait allusion à ce pays. On serait davantage sur l'Angleterre. Aucun rapport avec ses découvertes.

- Et ton père ?

- Mon père ?

- Oui… Parle-moi de lui.

- Ben écoute… Il est… Il a disparu en 71. J'avais dix ans. Alors tu sais, je n'ai pas beaucoup de souvenirs de lui…

- Ah bon ? Quelle tristesse ! Je suis vraiment désolée.

- Il voyageait beaucoup. Ma mère n'a jamais vécu avec un autre homme. Si elle a rencontré d'autres hommes, je ne suis pas au courant. Elle s'est battue pour que je ne manque de rien.

- Il voyageait beaucoup ? Où par exemple ?

- Bon ! Si on passait aux choses sérieuses…

Il se dirige vers la cuisine ouverte. Caroline prend garde à ne pas lui tourner le dos de peur qu'il ne la photographie à nouveau à son insu.

- Tu m'en diras des nouvelles.

Il lui présente des rouleaux de printemps transformés en boulettes aux saveurs asiatiques.

Caroline n'ose plus le remettre sur le terrain du passé.

De plus en plus persuadée qu'elle s'est fait un film et qu'elle doit calmer son imagination galopante, elle s'abandonne délicieusement à une mise en scène voluptueuse.

Elle s'allonge sur le canapé après avoir retiré ses escarpins noirs vernis.

Pieds nus, robe étroite relevée, elle dévoile ses jambes longues et fuselées. Ni bas, ni collants. Maxime se délecte de leur vue et passe sa main dans un va et vient contemplatif.

Ils finissent par s'endormir en suivant l'angle du canapé. Installés perpendiculairement, ils plongent dans une douce quiétude que rien ne pourrait rompre. Caroline pose sa tête sur son buste. Elle sent battre son cœur ce qui la berce agréablement. Voilà la solution pour dissiper son insomnie !

Elle prévoyait de retourner dans la chambre aux secrets. La fatigue, les verres de Champagne, les mets succulents, les caresses torrides de Maxime ont eu raison de ses intentions.

Qu'importe ! Elle est là pour quelques jours. Elle aura tout loisir d'espionner son nouvel amoureux transi.

*

De surprise en surprise, Caroline se laisse aller dans une intimité insoupçonnée.

Elle adopte l'attitude cool de celles qui ont décidé de tout affronter sans avoir froid aux yeux.

Stimulée par le programme surchargé de Maxime, elle ne songe même pas à rentrer.

Il a tellement peur qu'elle s'ennuie, qu'il prévoit chaque jour un agenda complet. Il va jusqu'à lui envoyer le lien sur *Google Calendar*.

Du team-building personnalisé ! Un vrai emploi du temps de séminaire sauf qu'il n'est composé que de loisirs.

En plein milieu de l'après-midi, il l'entraîne pour une séance massage dans une nouvelle pièce.

Elle l'observe d'un coup d'œil rapide. Un lieu aussi somptueux qu'impersonnel à l'image du reste de l'appartement.

- C'est la chambre d'amis.

- Ils sont pourris gâtés tes amis !

- Ça me rassure cette ambiance d'hôtel. Zéro contrainte de décoration, de meubles…

- C'est magnifique !

- Je mérite bien ça, après trente ans de bons et loyaux services pour l'Etat.

Elle apprend ainsi que Maxime est fonctionnaire, comme elle.

De son côté, elle a eu le courage de quitter cette situation confortable pour vivre de son art.

Challenge relevé ! Cette réussite la comble de fierté. Elle ne doit rien à personne.

Elle retire son pull bleu ciel à la façon de Kim Basinger dans *Neuf Semaines et Demi* en le faisant virevolter avant de le jeter au sol.

Maxime se délecte de ce strip-tease impromptu.

La musique relaxante transporte Caroline dans un océan de sensualité.

- Tu ensorcèlerais la quasi-totalité de la gent masculine avec une telle grâce !

Il lui demande de rejouer cette scène culte. Il l'immortalise en la filmant sur son smartphone, pastichant le metteur en scène.

- Tu sais que je vais finir par tomber sous ta dépendance.

- Humm…

- Addicte de toi ! Voilà ce que je suis devenu !

- Et moi je suis dingue de toi !

Comment cette relation fusionnelle pourrait-elle se transformer en cauchemar ?

Caroline se laisse séduire par la passion dévoreuse de cet homme raffiné et prévenant. Pourquoi résister ?

Si quelqu'un arrivait à l'improviste, il pourrait s'amuser au Petit Poucet. Tous les dix centimètres, un vêtement jonche le sol jusqu'au lit. Cravate, chaussettes, chemise, culotte, soutien-gorge… Un véritable jeu de piste glamour qui témoigne de l'empressement de ces deux-là à faire l'amour.

Maxime interrompt leurs ébats.

- Les magasins vont fermer…

- Oui, il y a le feu au lac.

Les expressions de Caroline déclenchent systématiquement le fou rire de Maxime et détendent l'atmosphère.

Il était temps ! L'adrénaline était à son comble. Caroline frôlait l'arrêt cardiaque. Ce sentiment de bien-être, voici un symptôme qui ne trompe pas.

Amoureuse ?

Elle aime tellement les premiers mois d'une telle relation qu'elle est à la recherche permanente de ces sensations où l'on se cherche mutuellement.

Cet état provoque en elle foule de chamboulements, que ce soit mentalement ou physiquement. Mais, à la longue, la lassitude s'installant, elle ne secrète plus l'hormone du bonheur.

Ses histoires d'amour se sont donc toutes terminées rapidement pour en vivre de nouvelles.

Aujourd'hui, elle a des étoiles dans les yeux. Elle se sent forte et séduisante. Elle espère tant que la magie continue et que cesse la malédiction de ses déboires sentimentaux !

Elle décline son invitation à faire des courses à l'épicerie du quartier.

- On peut y aller à pied. C'est juste à côté d'ici. Allez ! Viens ! Ça nous fera prendre l'air.

- Euh… Plutôt envie de me changer et surtout de me doucher avec tous ces produits que tu as tartinés sur mon corps.

- Ça fait deux jours que tu n'as pas mis le nez dehors.

Maxime renonce à essayer de la convaincre à l'accompagner. Caroline essaie de se procurer des moments seule, chose pas si évidente que ça. Il est littéralement collé à elle. Il veut profiter de chaque instant.

- Je me dépêche. Il est déjà 19 heures. L'épicerie va bientôt fermer.

Après un baiser tendre sur la bouche, les deux amants se séparent.

Caroline se sent toute excitée à l'idée d'explorer à nouveau la chambre aux secrets. Maintenant qu'elle la connaît bien, elle pourra être efficace.

Elle prend bien garde à mettre la chaînette sur la porte. Maligne, elle a conseillé au propriétaire des lieux, de laisser sa clef.

- Je t'ouvrirai… Ne t'inquiète pas !

Elle mise sur une bonne demi-heure de tranquillité, au moins. C'est peu mais toujours plus que la dernière fois. Elle craignait tellement qu'il se réveille qu'elle avait écourté sa recherche.

Jouer de prudence, une règle à laquelle Caroline ne doit pas déroger.

Plus elle le connaît, plus elle est partagée dans un dilemme insoutenable.

Comment cet homme si transparent pourrait-il être mal intentionné ? Et en même temps comment expliquer tous ces éléments qui la ramènent à l'Allemagne, pays qu'il n'évoque jamais ?

En général très rapide, Maxime n'achète que les courses du jour ou plutôt du soir. Sinon, il opte pour les restaurants ou le *click and collect*. Il ne remplit jamais un chariot, comme Caroline, une fois par mois, dans un supermarché.

Elle exalte sa façon de vivre, au jour le jour.

Elle s'empare de la clef à l'étiquette *MR* et se dirige à toute allure vers la Caverne d'Ali Baba. Sachant déjà où se situe la bonne clef, elle se réjouit de gagner du temps, en murmurant.

- C'est quand même incroyable qu'il m'ait fait visiter tout l'appartement sauf cette pièce ! Ça cache forcément quelque chose.

Apparemment, il n'a pas mis les pieds ici depuis son passage.

Elle valide que chaque chose soit bien à sa place :

Les lettres cachetées… surtout la dernière avec la mention des *Misérables*.

Elle miroite le fameux livre qui se trouve toujours haut perché. A bout de bras, elle l'extirpe de la bibliothèque.

Elle s'empare du certificat de naissance en faisant attention à nouveau de ne pas déchirer son étui artisanal.

Elle le tourne dans tous les sens et prend en photo le verso. Elle n'avait photographié que le recto.

Pourquoi dissimuler des papiers de la sorte ? Que cache ce document vieilli, jauni par le temps et conservé précieusement comme une pièce de Musée ?

Que peut bien cacher d'autre, cette tanière ?

Elle se dirige vers la commode Louis-Philippe recouverte d'un marbre gris fêlé sur le côté.

On dirait que Maxime a eu deux vies. Tous ces meubles font pauvres par rapport au luxe clinquant dans lequel il vit actuellement. Aurait-il menti ? Peut-être est-ce l'appartement d'un ami ? Peut-être l'a-t-il loué ?

En tous les cas, une chose est certaine, il n'a pas raconté de sornettes sur son métier. Elle en a eu la preuve en se rendant à Bruxelles.

Elle se fait peut-être un film, comme dit sa fille Elise.

L'explication la plus cohérente serait la négligence…

Jusque-là, il ne se souciait pas de décorer son intérieur, trop captivé par un métier chronophage. Ces vieux meubles étaient abandonnés là.

- Il aurait dû en faire don à Emmaüs, marmonne-t-elle.

Caroline n'est pas du tout conservatrice. Elle jette. Elle change. Elle achète. Le tout sans état d'âme.

Maxime, lui, affiche un comportement de célib' dans toute sa splendeur.

Aucune clef pour ouvrir les trois larges tiroirs de la commode. Elle soulève chacun d'entre eux par-dessous, avec force. Du linge de maison - draps, taies d'oreiller, nappes… - s'empile comme dans un magasin d'ameublement. Probablement, les effets de ses aïeuls.

- Aucun intérêt ! jure Caroline.

Visiblement, ce linge a été rangé là, une fois pour toutes, et jamais déplié, utilisé ou lavé.

Seul le petit tiroir du haut, le quatrième, est fermé à clef. Caroline essaie de le forcer en vain.

Elle y renonce estimant que, comme discrétion, on fait mieux !

Mission : trouver la clef adaptée à la serrure de la petite rosace en laiton doré.

Comme pour le certificat de naissance, elle inspecte la bibliothèque gigantesque. Sans indices, il lui serait impossible de deviner quel livre pourrait cacher une clef, à moins de jouer de baraka quasi miraculeuse. Et puis, Maxime la garde peut-être dans ses affaires personnelles.

Au bout d'une bonne dizaine de minutes d'inspection de chaque livre, sorti, feuilleté, remis, elle opte pour une vision panoramique de la bibliothèque.

Elle prend du recul, jette son regard averti sur les nombreux ouvrages. Elle privilégie les étagères du haut, moins accessibles.

Son regard s'immobilise sur un ouvrage en cuir plus petit que les autres, semblant un livre d'enfant. Elle retire précipitamment ses talons et grimpe tout en haut de l'échelle pour le saisir.

Après une descente vertigineuse, Caroline se fait peur toute seule. Il ne manquerait plus qu'elle se casse une jambe.

Maxime la découvrirait par terre dans ce lieu interdit. Elle serait démasquée. Il l'accuserait d'être menteuse, tricheuse, voleuse.

Ce serait la fin de tout. Et peut-être passerait-il à l'acte s'il se savait menacé ?

Elle a l'impression que son cœur va s'arrêter de battre.

Elle pose le petit livre sur le bureau.
Alice aux Pays des Merveilles

Elle est étonnée tout d'abord par sa légèreté. Puis, il n'a rien à voir avec le choix des autres livres.

Maxime n'a pas eu d'enfant. Et on offre rarement cette histoire de fille à un petit garçon. Ce n'est donc pas un livre qu'il lisait enfant ni un livre qu'il aurait offert à sa fille.

Caroline, grande passionnée de l'objet « livre », ne cesse de contempler cette perle.

Cette édition d'Alice au Pays des Merveilles, est illustrée par l'excellent Benjamin Lacombe, aux éditions Métamorphose.

La magnifique couleur bleu turquoise lui avait attiré l'œil tout de suite. Elle s'émerveille devant l'illustration d'Alice en page complète portant un lapin blanc. Le texte, en lettres d'or, est incrusté dans le cuir. L'illustrateur a pris soin de chaque aspect de cette véritable œuvre d'art et a tout étudié jusque dans les moindres détails.

Caroline se ressaisit. Elle n'est pas là pour admirer un livre et l'heure tourne. Maxime va bientôt revenir.

Elle veut le feuilleter. Ô surprise ! Ce n'est pas un livre mais une boîte. A l'intérieur, pincée entre deux morceaux de carton pour ne pas qu'elle glisse, se niche une petite clef de laiton doré.

Elle l'essaye sur le fameux tiroir.

C'est bien la solution-miracle !

Caroline est émoustillée. Qui dit cachette, dit secret. Que va-t-elle encore découvrir ? Ses mains se saisissent d'un tremblement mêlant la peur et l'excitation.

Elle soulève chaque sous-vêtement à l'affût d'un trésor. Elle s'apprête à abandonner cette commode à son triste sort. Soudain, elle pousse un cri d'émerveillement devant une pièce d'antiquité.

Un grand mouchoir de lin blanc brodé de deux initiales qu'elle lit à haute voix :
- S B

Elle le déplie soigneusement. Les marques du repassage semblent ineffaçables. Il n'a pas servi depuis longtemps. Il n'a même probablement jamais été utilisé.

Elle fronce les sourcils. Ce mouchoir lui rappelle quelque chose.

Elle n'a plus le temps de s'attarder dans ses réflexions. Elle l'enfouit dans sa poche prenant ce risque inconsidéré qu'il s'aperçoive de la disparition de ce souvenir familial.

Il est grand temps de s'esquiver de ce lieu décidément auréolé de mystère.

Maxime sonne à la porte avec impatience. D'une voix pourtant très calme, il se plaint :

- Chérie ça fait au moins cinq minutes que j'attends…

- Oh pardon Maxime !

A sa vue, il s'étonne :

- Tu ne devais pas prendre une douche et te changer ?

- En fait non… J'ai lu mes mails…

Maxime étale gaiement toutes ses courses sur le plan de travail en béton ciré. Il commente chaque produit comme s'il s'agissait d'une œuvre d'art.

Pour participer à ce grand déballage, elle se perche sur un tabouret haut. Dans l'installation, le mouchoir tombe de sa poche.

Prise de panique, elle se lève en faisant mine d'éternuer. Stratégie pour distraire Maxime pendant qu'elle ramasse son précieux butin.

- Tu t'enrhumes chérie ?

- Non non ! C'est rien… Je suis allergique à la poussière.

En feignant de se moucher, elle réussit à cacher le mouchoir puis à le remettre dans sa poche.

- Mais il n'y a pas de poussière ici. C'est tout neuf !

Elle s'en veut de sa sottise. Il pourrait penser qu'elle s'est rendue sournoisement dans la pièce aux vieux meubles avec cet aveu.

En apercevant le mouchoir au sol, Caroline a ressenti un malaise. Dans un flash soudain, elle s'est remémorée ce linge ancien et surtout ces initiales, SB.

Ce sont les initiales de sa grand-mère *Sarah Benhamou* !

Elle garde à jamais gravé dans sa mémoire, le partage de ses biens, à sa mort.

Les femmes, cousines et tantes, s'étaient réparties de splendides jupons, nappes, draps, brodés de ses initiales.

La jeune Caroline rêvait de posséder au moins un objet mais hélas elle n'avait rien hérité dans cette distribution.

Les initiales SB ornaient chaque linge comme une signature. Parmi les vêtements de lin, coton et dentelle, elle se rappelle parfaitement de mouchoirs similaires à celui de la commode de Maxime.

Ces pièces composaient le trousseau de sa grand-mère. De son mariage dans les années 20 jusqu'à sa mort, chacune était impeccablement conservée.

Hasard ? Coïncidence ? Révélation ? Elle a peut-être enfin décelé le pot aux roses.

Mais quel rapport pouvait-il y avoir entre Maxime et sa grand-mère ?

Elle nage en pleine science-fiction.

Sa chère Mamie est morte depuis fort longtemps.

Pourquoi Maxime serait-il en possession d'un objet lui ayant appartenu ?

Après tout, il avait déboulé dans sa vie de manière incompréhensible. C'était elle qu'il cherchait. Précisément elle. Pourquoi ?

La raison alléguée de trouver un écrivain pour écrire la biographie de son amie, semble de moins en moins crédible. D'ailleurs il ne l'évoque plus du tout, remettant toujours au lendemain de lui présenter le sujet. Que cherche-t-il ?

Et puis son look aryen associé aux mystérieux documents allemands qu'elle a découverts lui font froid dans le dos. Elle est juive et se demande si Maxime n'est pas engagé dans un combat pro-nazi.

Caroline est glacée. Son teint rosé vire au blafard. Maxime s'en inquiète.

- Ça va ? Tu ne te sens pas bien ?

- Si ! Si ! C'est que…

Elle feint de lire un message de sa fille en consultant son téléphone.

- Elise vient d'arriver à l'improviste chez moi.

- Ah bon ?

Maxime, crédule, est incapable de penser un instant que Caroline lui ment.

- Désolée… Je dois rentrer…

- Mais il est neuf heures du soir. Tu ne vas pas prendre la route à cette heure-là…

- Si ! Si ! Hélas...

- Tu peux attendre demain… De toute façon, vous allez dormir, à l'heure où tu arriveras.

Caroline s'échappe de cet endroit désormais suspect, avec soulagement.

Elle décline même sa demande de l'accompagner jusqu'au portail, pressée qu'elle est de se retrouver loin de lui.

- Ouf !

Enfin dans la voiture, portes verrouillées, elle bénit cette liberté retrouvée.

*

Sa nuit est agitée par d'horribles cauchemars. Seule face à la terreur nazie, elle est jetée dans un wagon plombé pour une destination inconnue.

Décharnée, elle est accroupie au milieu de Juifs affamés, avec des étoiles jaunes cousues sur leurs pyjamas rayés.

Sur le quai de gare, des dignitaires nazis entourent leur Chef, Maxime, qui serre la main à une jeune femme brune avec des tresses.

C'est sa grand-mère ! Au lieu de l'étoile jaune, elle porte les initiales SB brodées sur le cœur.

Elle parlemente avec Maxime sur lequel elle semble avoir du pouvoir.

Il lui apparaît comme héros de ce songe terrifiant, en uniforme SS et cravache à la main.

La scène a dû être imaginée dans son inconscient à partir du film « Le Choix de Sophie ».

Sa grand-mère parvient à la sauver des griffes du cynique Maxime, transformé en bourreau.

*

Elle se réveille en nage avec le bruit d'un texto. Paradoxe la ramenant à une réalité réconfortante, elle lit le doux message de Maxime.

Coucou ma chérie

Au lieu de lui répondre, elle échange des textos avec sa fille, Elise.

Restée en Angleterre, contrairement à ce qu'elle a prétendu à Maxime, elle lui répond aux taquets.

Elle se livre à elle.

Tu te prends pour Mazarin
à espionner tout le temps ?

Tu connais Mazarin toi ?

Avant de tomber en amour pour le piano, Caroline a baigné dans les références permanentes à l'histoire, de sa mère. Elle possède donc des bases solides.

Pour la convaincre, Caroline lui envoie une photo du mouchoir.

Ça ne te fait pas penser
à quelque chose ?

Euh… Non…

J'ai trouvé ce mouchoir
chez Maxime bien caché

Oui et alors ?

Ce sont les initiales
de ma grand-mère

pourquoi pas les initiales de
Simone Bertrand

Incrédule, Elise passe à un autre sujet, persuadée que les tourments de sa mère ne sont pas fondés.

Elle lui recommande de vivre son histoire d'amour sans se poser de questions.

La sagesse selon Elise.

*

Maxime l'inonde d'appels auxquels elle ne répond pas. Elle ne parvient pas à lui parler pour l'instant. Très pudique, il ne manifeste qu'à demi-mot son inquiétude. Il a peur de ne plus revoir Caroline.

Il opte pour les textos.

L'oiseau s'est envolé

On se voit bientôt, promis !

Bien décidée à poursuivre son enquête, Caroline fait le tour de la famille. Elle laisse un message sur le répondeur de sa cousine, Brigitte, lui demandant de la rappeler d'urgence.

Impatiente, elle appelle ensuite sa tante Andrée de Paris qu'elle arrive à joindre.

- Tata. Tu as gardé un mouchoir de Mamie ?

- Un mouchoir ?

- Oui ! Un de ses mouchoirs brodés avec ses initiales.

- J'ai tellement de choses dans mes placards…

- Je t'en prie ! Regarde si tu en trouves un et envoie-moi la photo.

Peu habile avec les portables, sa tante demande à sa belle-fille de faire le nécessaire.

Entre temps, sa cousine Brigitte l'a rappelée.

Malgré sa bonne volonté, elle ne parvient pas à trouver le moindre linge brodé aux fameuses initiales. Elle a beaucoup porté ces jupons, à la mode quand elle était très jeune.

- J'avais dix-huit ans… Je ne sais pas où ils sont… A la cave peut-être.

En attendant la photo du mouchoir, elle se replonge avec assiduité dans l'Allemagne nazie. Elle avait numérisé ses cours dont il ne ressort aucun élément tangible. Elle passe à Internet qui fleurit de faits historiques, anecdotes en tous genres…

Elle veut, avant tout, découvrir l'origine du nom *Helmrich.* Une idée géniale lui effleure l'esprit.

Recourir aux Mormons qui se sont fixés pour objectif de retracer l'arbre généalogique de l'humanité. Ils restituent, paraît-il, le parcours de chaque individu à partir du nom de famille (ville, date de naissance et de décès notamment).

Dans le rythme étourdissant de leurs rendez-vous, elle avait complètement effacé de sa tête, les premiers habits de Maxime.

Le long manteau de cuir noir ceinturé d'un coup sec à la taille, le chapeau sombre durcissant son regard bleu glacial…

Cette allure aurait dû immédiatement lui faire penser aux vêtements SS.

Elle effectue une recherche comparative aigüe et fait une découverte qui la scotche littéralement.

C'est la collection cuir de Boss ! Et Hugo Boss a habillé les Nazis durant la Seconde Guerre Mondiale.

Le designer allemand a équipé en vêtements la Wehrmacht, les SS et la jeunesse hitlérienne.

Tout ça sur le compte de 140 travailleurs forcés et 40 prisonniers de guerre français.

Pourquoi n'avait-elle pas eu la présence d'esprit de s'enquérir de ses marques fétiches ? Ce style, accompagné de son type aryen, chevelure blonde et yeux azur, révèle-t-il ses accointances avec le régime nazi ?

Elle consulte son téléphone. Elle reçoit enfin la photo du mouchoir de sa grand-mère avec les initiales SB.

Cette chère tante a farfouillé une journée entière dans le grenier.

Au fond d'une valise en carton contenant les affaires héritées de sa mère, se trouvait une pile de mouchoirs brodés, retenus par un ruban de satin blanc.

Munie de celui qu'elle a dérobé à Maxime, Caroline confronte les initiales et les broderies. Exactement les mêmes !

Elle inspecte la photo à la loupe sur *Photoshop*.

Elle constate la concordance exacte des deux pièces dans les moindres détails. Ceux-ci sont si nombreux qu'il ne peut y avoir le moindre doute.

Ces mouchoirs ont été brodés par la même main, avec le même tissu et la même dentelle.

L'angle est brodé des deux initiales encadrées de volutes en plumetis et point d'ombre. Elles sont soulignées à la pointe, de plusieurs rangs de jours très fins. L'ourlet festonné est roulotté main, sur tout le reste du mouchoir.

Le S s'entremêle au B en une circonvolution harmonieuse. Le fil s'accorde avec le blanc du linge, dans un ton sur ton raffiné. Le lin blanc magnifie le travail de jours et de broderies.

En redoutable enquêtrice, Caroline examine, point par point, la broderie et les festons dans le moindre détail.

Le mouchoir de Maxime et celui de sa grand-mère, envoyé par sa tante, sont rigoureusement analogues.

Cette correspondance exacte ne peut pas être due au hasard.

Jusque-là, tout la ramenait à l'Allemagne. A présent, un nouveau vecteur bouleverse ses soupçons.

Quel rôle peut jouer la grand-mère de Caroline dans la vie de Maxime ?

Vient-elle de mettre le doigt sur la vraie raison de sa rencontre avec lui ?

A-t-il des mauvaises intentions ? Quoi qu'il en soit, Caroline devra désormais se montrer plus que prudente.

*

A la moindre contrariété, Caroline fait le ménage. Un vrai tic.

Elle se lance donc dans un ravalement total de son appartement. Vitres nettoyées, parquets cirés, rideaux lavés et repassés… Elle se met même à repeindre les verrières avec de la laque noire.

Fenêtres grandes ouvertes, elle respire sa liberté comme si on devait la lui reprendre.

Si pour certaines femmes, le fait d'être amoureuse coupe l'appétit, pour d'autres au contraire, c'est l'effet inverse.

Caroline est envahie d'une fringale irrésistible.

Amoureuse ou effrayée ? Elle l'ignore.

9.

Caroline est affolée à l'idée que Maxime s'aperçoive de la disparition du mouchoir. Elle se rassure en se disant qu'il conserve ces objets comme des reliques. Il ne doit jamais les sortir de leur repaire.

Quant à la chambre aux secrets, il ne s'y rend visiblement pas depuis son installation, même pas pour l'aérer. Son allergie à la poussière en est la preuve. Chacune de ses visites lui a déclenché des crises d'éternuements et des allergies à la limite de la crise d'asthme.

Elle évite de répondre à ses sollicitations. Appels, visio, textos, il se montre très prévenant. Son comportement a changé. Conscient que Caroline espace leur relation, il perd son assurance naturelle.

- Il doit me trouver versatile, se dit-elle.

Pas question de rupture pourtant. A ce stade, elle ne pourrait pas survivre sans connaître le mystère de Maxime.

Et puis, son amour pour cet homme impénétrable, admirable, brillant est intact malgré les inquiétudes.

Elle maîtrise la situation en maintenant un contact mais avec plus de distance. De toute façon, elle est persuadée que Maxime ne la lâchera pas. Est-ce par amour ou par sadisme ? Elle ne parvient toujours pas à comprendre pourquoi il s'est intéressé à elle. Elle est persuadée qu'il dissimule des agissements douteux. Mais lesquels ?

Les deux certificats avec la même date de naissance mais des identités différentes, l'un allemand au nom de *Hans Helmrich*, l'autre Français au nom de *Maxime Fabre.*

La médaille militaire datant de 1943 dont il garde précieusement l'attestation dans son cartable.

La maîtrise parfaite de la langue germanique de sa mère Jacqueline.

Autant d'éléments qui lui ont fait suspecter son appartenance à un groupe nazi ou autre émergence de la Seconde Guerre Mondiale.

Elle s'imagine déjà victime potentielle de terroristes comme ceux de *Charlie Hebdo* ou de *l'Hyper Casher* à Paris. L'innocente Jacqueline prendrait les traits d'une diabolique Eva Braun.

En enquêtrice minutieuse, elle dresse une ligne chronologique de ses pièces à conviction.

18 Août 1961
Naissance de Hans Helmrich
Rosenheim - Allemagne
Et
Naissance de Maxime Fabre

Lyon - France

9 Janvier 1943
Médaille Militaire
Ludwig Helmrich

1941 (environ)
Naissance de Jacqueline Fabre, mère de Maxime
Maxime lui avait confié que sa mère l'avait eu jeune donc à environ 20 ans.

1971
Mort de Mr Fabre, père de Maxime
Date de naissance inconnue

1905 – 2000
Sarah-Elise Benhamou, grand-mère de Caroline
Algérie

4 mars 1966
Naissance de Caroline Lacoste
Dijon - France

Premier constat
Jacqueline ne pouvait pas être une héroïne de la Seconde Guerre Mondiale.

Ses soupçons autour du nazisme se sont fracassés brutalement avec le mouchoir brodé aux initiales de sa grand-mère.

Elle ne découvrira peut-être jamais les origines de Maxime.

La menacerait-elle si elle disparaissait de son environnement ?

Que fait cet homme qu'elle ne connaissait pas il y a trois semaines, avec un objet ayant appartenu à sa grand-mère ?

*

De témoignages en archives, elle mène l'enquête.

Pour clarifier ses études, elle les couche sur le papier dans le but d'écrire un livre. Pourquoi ne pas tenter le roman à suspense à la manière de Mary Higgins Clark ?

Il lui manque des maillons dans cette chaîne. Elle n'a pas d'autre choix que de revoir Maxime. Même si elle tombe dans les filets d'un pervers qui en veut à sa famille ou aux Juifs, elle ne pourra s'empêcher de lever le voile sur cette incroyable rencontre.

Avec du recul, la manière dont sont parsemés les stigmates d'un passé obscur lui semble sidérante. Cachettes secrètes, véritables rébus pour dénicher une clef ou un document original…

Ce travail de prospection méticuleuse devra être mené dans la plus grande discrétion. Caroline est bien consciente des risques inconsidérés qu'elle prend à fureter dans les affaires de Maxime par curiosité malsaine.

Elle s'installe désormais en permanence dans les coulisses de ce psychodrame.

Elle essaie de bâtir un récit cohérent autour de ses protagonistes :

D'un côté, Maxime Fabre, Hans Helmrich, Ludwig Helmrich, Jacqueline Fabre.

De l'autre côté, Sarah Benhamou et… elle, Caroline Lacoste.

Elle livre un travail minutieux pour relier tous les éléments et construire un récit précis de cette histoire.

Pourtant, dès qu'ils échangent au téléphone, ses doutes se dissipent.

Maxime affiche une attitude qui semble claire et transparente. C'est elle qui doit voir le mal partout.

Son emprise est addictive. Elle ne peut s'empêcher de penser à lui. Pourtant, elle sait qu'elle ira jusqu'au bout de cette aventure quitte à en mourir.

Elle a bien essayé de le prendre de front en lui posant directement des questions. Elle s'est heurtée à des échappatoires ou des non-dits. Ce qui laisse à penser que sa méfiance à son égard est légitime.

Elle a l'intime conviction que Maxime lui cache des choses graves. Mais lesquelles ?

Elle devra démêler cette pelote de laine enchevêtrée à partir d'une foule de faits contradictoires comme les deux pièces d'identité, les deux pays voire les trois pays différents.

Comment associer des personnes qui n'ont rien à voir les unes avec les autres ?

Depuis le mouchoir brodé, elle est persuadée qu'elle est impliquée directement dans cette nébuleuse affaire. Elle se sent donc concernée au premier chef.

De toute façon, comment poursuivre une relation amoureuse avec un homme, même s'il est bien sous tous rapports, avec autant de suspicions ?

Elle projette d'appeler son ami, Capitaine de Police, dès qu'elle glanera des indices supplémentaires.

Son intervention à ce moment de l'enquête serait prématurée. Figure de la BAC (*ndlr* brigade anti-criminalité), il lui rirait au nez devant cette psychose qu'il jugerait bien féminine.

Caroline se demande comment faire pour poursuivre son enquête sans revoir Maxime. Elle doit jouer de prudence. L'heure est grave.

Elle s'estime heureuse de ne pas être déjà tombée dans les mailles du filet de ce personnage présumé coupable.

Elle s'est jetée dans la gueule du loup en répondant à son seul instinct légendaire qui ne lui avait jamais fait défaut jusque-là. Et pour cause ! Elle est immédiatement tombée sous le charme de ce bel inconnu.

Elle s'est engagée, en un mois seulement, dans une relation soutenue, allant jusqu'à dormir chez quelqu'un dont elle ignorait tout.

Elle s'en veut de ce comportement digne d'une ado et se dit qu'on ne l'y reprendrait plus.
Il lui a prouvé pourtant qu'il était vraiment attaché à elle en lui remettant la clef de son appartement.

- Si ça, ce n'est pas un gage de confiance ! se dit-elle, voulant se persuader qu'elle se trompe.

La scène se déroulait à Bruxelles.

Joliment, il lui avait offert un paquet en forme de poupée gigogne.

Première boîte, un T-shirt blanc avec un message en rouge « L'Amour Fou ».

- J'ai craqué pour ce haut. C'est une série avec un titre célèbre de la littérature sur chaque T-Shirt.

Elle avait séché bêtement pour deviner l'auteur de ce roman.

Il lui avait répondu, victorieux :

- André Breton.

Deuxième boîte, un minuscule coffret qui lui avait fait attendre une bague ou un bijou et qui s'est révélé être sa clef.

Touchée par ce geste, elle l'a rangée précieusement dans la petite poche de son sac à main, attendant l'occasion de l'utiliser.

Fallait-il qu'il soit démoniaque pour la leurrer à ce point-là ?

Il savait mieux que quiconque la séduire, l'apprivoiser, lui mettre de la poudre aux yeux. Elle a mordu à l'hameçon en candide incurable qu'elle est.

Les allusions à l'Allemagne avaient commencé à l'effrayer. A présent, le lien avec sa famille l'installe dans une panique qui s'accroît de jour en jour.

Elle se sent concernée et visée au premier plan. Peut-être mettait-elle aussi sa famille en danger ? Pas sa grand-mère en tous les cas, puisqu'elle est morte depuis longtemps, mais ses tantes, ses cousines, sa fille !

Autant de personnes qui se trouveraient mises en cause désormais dans ce plan perfide qu'aurait fomenté Maxime.

- Mon Dieu ! Elise ! Il faut que je la prévienne !

Caroline, en bavarde invétérée, lui avait tout révélé du parcours de sa fille et du lieu de son école. Il pourrait s'en prendre à elle. Ou bien, s'il est le chef d'un réseau comme dans son cauchemar, il pourrait commanditer un meurtre, un viol ou une agression.

Terriblement soucieuse, elle culpabilise et l'appelle.

- Ça va ma puce ?

- Oui ! Oui ! Je suis en pause. Et toi ? T'as l'air affolée !

- Je suis sûre qu'il cache un truc grave.

- Qui ? Ton Maxime ? Encore ? Raconte !

- T'as bien vu... C'est le même mouchoir que ma grand-mère ! Comment c'est possible ?

- C'est clair ! C'est un truc de dingue.

- Et puis tous ces papiers nazis qu'il garde en cachette…

- Bonjour le détraqué !

- J'ai essayé de le cuisiner. Ça ne marche pas.

- Fais gaffe Mam hein ? Appelle ton pote flic !

- J'y ai pensé figure toi. Mais il va me rire au nez.

- Montre-lui ce que t'as trouvé… Demande-lui si ce type est fiché par les RG, lui ou l'autre allemand… Comment tu l'appelles ? Eichmann ?

- Non ! Helmrich !

- C'est bien un nom de SS en tous les cas !

- Je vais essayer de retourner chez lui sans qu'il le sache.

- T'es folle ? Je t'interdis !

- J'ai pas le choix ! Je dois trouver des preuves tangibles de ce qu'il trame. Et là c'est le brouillard total !

- T'es sortie avec lui ?

- Chérie ! Pas envie de parler de ce genre de choses avec toi… Et puis c'est hors sujet !

- Ça veut dire oui… Il aurait pu t'étrangler dans ton sommeil…

- Brrrr…

- En tous les cas, il est grave beau !

- Grave beau… Oui… Ça je confirme !

- Mam je te laisse, j'ai cours ! Tiens-moi au jus, même par texto. Qu'on m'appelle pas pour me dire qu'on t'a retrouvée assassinée.

- Je t'ai donné l'adresse. Garde-la bien. Je te tiens au courant jour par jour.

- Tu comptes y aller quand ?

- J'en sais rien !

- Fais gaffe !

Caroline raccroche, rassérénée d'avoir une confidente en qui elle peut avoir totalement confiance.

Elle compte bien inventer un stratagème pour retourner chez Maxime sans prendre de risque.

Il ne doit surtout pas se rendre compte qu'elle se doute de quelque chose ou qu'il lui fait peur. Il s'agit de jouer d'habileté.

*

Le téléphone sonne. C'est Maxime ! Caroline décroche, bien décidée à passer de manipulée à manipulatrice.

- Coucou ma chérie. Tu me manques !

Caroline racle sa gorge, serrée par l'angoisse.

- Toi aussi tu me manques !

- On se voit quand ?

- Quand tu veux !

- Tu peux venir ce soir ?

- Ce soir ? Euh… Non… Pas ce soir…

- Je dis ça parce que j'ai un séminaire de trois jours de jeudi à samedi. Après, ça fera long…

- Ah ? Oui c'est dommage… Mais je ne peux vraiment pas !

- Quel empressement ! Il y a quelque chose qui ne va pas ? J'ai fait un truc qui t'a déplu ?

- Non ! Pas du tout ! Qu'est-ce que tu vas chercher ? Ce que je veux dire c'est que je comprends. Le travail avant tout !

- Alors dimanche ?

- Oui ! Oui !

Elle achève la conversation en marquant le même enthousiasme que d'habitude.

Espiègle, il la titille pour qu'elle redevienne transparente et aimante. Il sent bien qu'elle est différente.

Caroline respire très fort et abonde à nouveau de mots tendres pour dissiper ses craintes.

- J'ai trop envie de toi…

- Idem… Si tu savais…

10.

Caroline enfourche sa voiture à la manière d'un cow-boy pourchassant les Indiens.

C'est jeudi ! Le chat est parti ! Les souris peuvent danser.

Elle joint Maxime dès huit heures du matin et s'assure qu'il s'est bien rendu à son séjour à Deauville.

Il se déclare très ému de son attention. Elle a honte de le berner à ce point-là. Mais, bien décidée à braver l'ennemi, il est crucial de valider que le terrain soit libre.

Il lui répond de la Gare de la Part-Dieu. Elle peut donc mettre son projet à exécution.

*

Le concierge la salue à son arrivée à la grille imposante de l'immeuble de Maxime.

Quelle malchance ! Elle n'avait pas prévu de tomber nez à nez sur cet inquisiteur.

Sachant que, par définition, ce sont tous des pipelettes à l'affût du moindre commérage, elle a du souci à se faire !

Mais elle ne l'a jamais vu auparavant. Il n'aura pas l'idée de questionner Maxime à son sujet ou de s'étonner qu'elle se rende chez lui en son absence.

- Vous cherchez quelqu'un ?

- Mais de quoi se mêle-t-il ? pense Caroline.

Elle lui répond avec assurance, n'admettant aucune interdiction de sa part :

- Je rends visite à une amie…

Caroline annonce « une » amie pour qu'il ne l'associe pas à Maxime.

Elle prie pour qu'il y ait une femme, au moins, dans cette résidence qui ne compte que quatre noms différents. Peut-être tous des célib' endurcis... Dans ce cas, cela mettrait la puce à l'oreille de ce cerbère.

- Ça commence bien ! se dit-elle.

Le gardien en uniforme de groom est distrait par un appel sur son téléphone.

Il ne prête plus attention à Caroline. Elle en profite pour se faufiler et disparaître furtivement dans la clinquante entrée de marbre.

Elle évite d'allumer malgré la pénombre. Elle se glisse dans l'ascenseur confortable avec même une banquette en acajou et velours.

Des airs du Beverly Wilshire, l'hôtel du film « Pretty Woman ».

Elle avait patienté jusqu'à la fin de journée pour se rendre chez Maxime, de peur de croiser des voisins.

A 19 heures, le soir commence à tomber.

Arrivée sur le seuil de l'appartement, ses palpitations vont bon train. Elle ne sait même pas ce qu'elle vient chercher. Peut-être que ce voyage s'avèrera inutile. Si Maxime apprenait son intrusion, elle le regretterait amèrement.

Dès qu'elle pénètre à l'intérieur de l'appartement, elle sursaute et s'arrête brutalement. La musique d'ambiance s'est enclenchée. Les lumières s'illuminent dans toutes les pièces comme par magie.

Un lieu cent pour cent connecté ! Caroline n'y avait pas pensé avant. Elle se met, dans la foulée, à la recherche d'une caméra. Ce lieu luxueux est forcément surveillé. Elle n'en trouve pas.

- Ouf !

Des gouttes de sueur perlent sur son front. Elle éteint les lampes du salon qui donne sur le Parc de la Tête d'Or. Elles pourraient trahir la présence d'un voleur en l'absence de son propriétaire.

En deux secondes, elle retire ses baskets souples, choisies judicieusement en fonction de cette mission périlleuse. Elle les garde à la main et se dirige, nus pieds, dans la chambre aux secrets. La clef *MR* était bien rangée à sa place. Elle s'achemine vers la bibliothèque, source de tous les premiers indices. Elle stoppe toute activité en entendant le carillon de la porte.

- Qui ça peut bien être ? Pas Maxime j'espère !

Elle referme précipitamment la porte de la chambre aux secrets, de l'intérieur, à double tour.

- Monsieur Fabre ? C'est Brice votre concierge, hurle-t-il pour être audible de loin.

- Il a dû m'associer à Maxime, se dit Caroline. Il vient vérifier si tout va bien.

- Le facteur m'a livré des paquets pour vous. Ils sont dans ma loge. Venez les prendre quand vous voulez.

- Yes ! Il n'y a vu que du feu, pense Caroline.

Elle va jusqu'à bloquer sa respiration, ignorant s'il a pénétré sur les lieux.

Si le concierge possède un double, une sorte de passe-partout comme dans les hôtels, il la surprendra en flagrant délit.

La police débarquera et l'embarquera sans ménagements, menottes aux poignets. Pire, ils essaieraient de joindre le propriétaire qui ne comprendrait rien à la situation.

Même avec les mensonges les plus subtils, elle serait démasquée par Maxime et lui devrait des explications.

Comment assurer aux policiers que c'est elle la victime et non Maxime ? Ce n'est pas à partir de ses éléments abracadabrantesques, qu'elle risquerait de les convaincre.

Elle passera sa nuit en cellule en attendant un avocat, comme un délinquant ou un dealer.

Elle défrayera la chronique dans la rubrique « Faits Divers » ou pire « Culture ». Elle imagine l'accroche :
L'écrivaine Caroline Lacoste en garde à vue pour cambriolage d'une propriété de luxe.

- Quelle horreur ! Je suis tombée bien bas avec tous mes fantasmes.

Le fameux Brice a dû se décourager. Elle a entendu l'ascenseur repartir vers le rez-de-chaussée.

Caroline veut reprendre son examen insidieux. Elle tente tout d'abord de se décrisper. Son corps entier, tétanisé d'effroi, s'était recroquevillé sur lui-même. Une douleur effroyable bloque tellement son dos qu'elle a du mal à lui redonner sa posture droite.

Les catastrophes n'arrivant jamais seules, son téléphone qu'elle avait mis en mode vibreur, sonne sans interruption. Elle lit « L'Inconnu du Café des Négociants ».

Elle ne peut pas être tranquille, décidément !

- Il y a un trafic dans cet appart' !

Ne surtout pas répondre à Maxime ! Il se douterait de quelque chose. Il reconnaitrait certains sons, comme par exemple la musique d'ambiance qu'elle n'a pas pu arrêter. Et surtout il décèlerait ses cachotteries au ton de sa voix.

De désespoir, il se résout à lui adresser un texto qu'elle prend, heureusement, la peine de parcourir.

Elle tressaille de terreur devant ce message dicté de manière télégraphique.

Séminaire annulé.
Conférencier malade.
Je suis reparti chez moi.
Tu viens ?

Alerte rouge ! Caroline n'a toujours pas entamé ses recherches et elle doit gérer une interruption par minute. Elle garde le silence et ne répond pas au texto de Maxime. Elle songe à plier bagages.

- Soyons raisonnables ! Sinon je ne sortirai pas indemne de cette affaire !

Elle éprouve, en plus, un malaise, seule dans son chez lui qu'elle s'était pourtant approprié depuis leur rencontre.

Quand est-il reparti ? Comment survivrait-elle à cette soirée s'il rentrait là, maintenant ?

Mourant d'envie d'explorer davantage son jardin secret, elle s'accorde une demi-heure avant de débarrasser le plancher.

Elle consulte sa montre à l'énorme cadran blanc très lisible dans la nuit.

Même le bracelet s'illumine à travers la brillance de la céramique blanche.

Sa lampe de poche est suffisante. Elle passe le faisceau lumineux dans la pièce, sur tout le périmètre puis en haut et en bas.

20:15

Elle devra surveiller régulièrement l'heure et filer à l'anglaise à 45 pétantes.

C'est parti pour une inspection minutieuse ! Derrière une rangée de livres, elle entrevoit une arme qu'elle évite de toucher. Elle se tranquillise en commentant que c'est juste un pistolet d'alarme.

Cette découverte surprenante la dope pour dégoter d'autres éléments à charge. Elle n'a jamais eu d'armes chez elle. Elle n'en a même jamais vu en vrai !

Suffoquée, elle s'exclame :

- C'est qui ce type ? On n'est pas au Far West !

Un halo de poussière s'échappe de l'étagère dépouillée de ses livres. Il n'a pas dû s'en servir depuis fort longtemps.

Apaisée, elle prend quand même une photo de l'arme par précaution.

En remettant les ouvrages à leur place, elle se résout à un constat de renonciation. Ses allégations seraient fausses et sans fondement. Le mouchoir aurait été acheté chez un antiquaire ou sur internet. Le lien avec elle serait donc fortuit. Mais comme toujours dans sa vie, au moment où elle lâche prise, le destin la remet en selle.

Tiroirs ouverts, livres décalés… Il ne reste plus qu'à explorer les tableaux au mur, plutôt de vieilles croûtes sans valeur.

C'est à se demander comment l'homme de goût qu'est Maxime a pu investir dans de telles toiles. Ces meubles ne sont certainement pas à lui ou remontent à une époque révolue où il était jeune, peu fortuné et inexpérimenté.

Elle inspecte l'envers du premier puis du deuxième tableau. Au troisième, une enveloppe à bulles est glissée dans l'intérieur du cadre. Elle s'en empare fébrilement.

Que va-t-elle découvrir ?

La tension est à son comble.

Euphorique à l'idée de décacheter son nouveau trésor, elle n'avait pas fait cas d'un élément nouveau.

Quelqu'un était entré dans l'appartement !

Elle entend la porte claquer. Des pas décidés foulent la moquette.

C'est Maxime qui fredonne tout guilleret en lisant à haute voix son courrier. Il a dû penser que la musique d'ambiance s'était enclenchée à son entrée.

Cet élément ne doit pas entraver son enquête. C'est maintenant ou jamais. C'est une nécessité absolue pour elle, même si elle doit finir décapitée.

Le téléphone de Caroline s'éclaire. C'est lui qui l'appelle.
Elle reste en équilibre. Par bonheur, elle avait activé le mode « vibreur » et donc la sonnerie inaudible.

Elle entend clairement Maxime lui laisser un texto en le dictant par l'assistant vocal *Siri*. Il se trouve à quelques mètres d'elle.

Chérie je suis rentrée
Viens me rejoindre si tu peux
même au milieu de la nuit.

Elle entame sa sortie de la chambre aux secrets.

Elle se plante, tétanisée, pour discerner les mots de Maxime. Il parle à quelqu'un au téléphone de manière ferme. Caroline devine que c'est un familier.

Qui ? Probablement sa mère. Il n'avait évoqué personne d'autre dans son entourage.

Il entame la conversation par un mot incompréhensible pour elle.

- Il lui parle donc bien en Allemand comme si c'était sa langue maternelle, se dit-elle.

Interloquée, sa curiosité grimpe à son paroxysme. Elle colle l'oreille à la porte qu'elle ouvre légèrement pour mieux discerner chaque parole.

- Oui t'inquiètes… Il faut vraiment l'éliminer. C'est moi qui m'en occupe.

Puis…
- Oui… Oui… Je règle tout, le plus vite possible…

Livide, Caroline ne parvient même pas à tenir le loquet tant ses mains sont saisies de tremblements. Il est urgent de s'échapper de ce traquenard.

C'est elle qu'il veut éliminer ! Son bel inconnu prend désormais les traits d'un psychopathe pervers qui veut sa peau et celle de sa famille.

C'en est trop ! Elle se demande comment s'échapper de cette maison des horreurs !

- Mon Dieu ! S'il me trouve ! Je fais quoi ?

Maxime ne repasse jamais dans le hall une fois qu'il est entré. Ce couloir est séparé du salon par une verrière. Si elle se penche suffisamment pour passer sous la vitre, peu de chance qu'il la surprenne.

Elle s'engage dans cette traversée périlleuse. Elle vit les secondes les plus longues de son existence.

Portable carrément éteint, chaussures à la main, pas après pas, elle parvient au tableau des clefs. Elle remet celle de la chambre des secrets à son emplacement exact.

Elle a de la peine à voir. Sa vue est brouillée par un voile comme si elle pleurait.

Elle referme dans un silence extrême, la porte d'entrée. Elle pousse un premier soupir d'apaisement.

A l'extérieur, elle se sent déjà moins en péril.
Ascenseur ? Escalier de secours ? Elle opte pour le second moyen en laissant la porte entrebâillée après son passage, pour éviter toute sonorité incongrue.

Chaque résident possède un étage particulier. Il pourrait se demander pourquoi quelqu'un se présente à son niveau.

Parvenue au parking, elle saute avec légèreté dans sa voiture qu'elle retrouve avec bonheur. Elle roule tous feux éteints et dépasse enfin la grille qui se referme derrière elle comme un couperet.

Elle a la certitude que plus jamais elle ne reviendra ici !

N'y tenant plus, elle s'arrête au premier poste à essence en se garant devant la boutique, son réservoir étant plein.

Elle déballe fiévreusement le petit paquet dans l'enveloppe à bulles. Apparaît un écrin de cuir rouge au cadre doré. A l'intérieur, se niche un médaillon sans sa chaîne.

Elle s'extasie devant le camée de forme ovale représentant un visage de femme. Sa mère lui en avait offert un, bleu marine, qu'elle avait perdu, ce qui l'avait rendue inconsolable.

Elle ouvre le médaillon qui dévoile deux photos. A gauche, celle d'un jeune homme aux cheveux châtain, raie sur le côté, sans sourire. A droite, le portrait d'une jeune fille, à l'air nostalgique… Elle ressemble à…

- Mamie !

Caroline reconnaît trait pour trait le visage de sa grand-mère, mais très jeune ! Encore elle ! Après le mouchoir brodé à ses initiales, le complot se précise.

Elle frissonne de tout son être.

Le chemin du retour se déroule dans une cacophonie métaphysique. Son esprit embrumé passe tout en revue, dans un imbroglio d'éléments surnaturels.

Il subsiste malgré tout un doute. Elle n'a connu sa grand-mère qu'âgée. Ce n'est qu'à partir du souvenir de l'unique photo prise dans sa jeunesse qu'elle fait ce rapprochement.

Elle devra valider ses premières déductions. Elle possède une énorme boîte avec des photos dont certaines de ses aïeuls.

Si la photo du médaillon correspond bien à sa grand-mère, il ne lui restera plus qu'à débouler illico chez son ami policier. Il pourra l'aider à éclaircir le problème et peut-être même à organiser une protection rapprochée autour d'elle et de sa famille.

Elle imagine déjà Maxime entendu dans les bureaux de l'hôtel de police de Grenoble sur sa dénonciation.

Elle est au moins sûre d'une chose, c'est que la belle histoire d'amour entre elle et cet homme hors du commun, est bel et bien terminée.

Elle aura duré un mois ! Encore moins que ses précédentes aventures.

Plus grave que l'échec d'une romance, c'est de sa survie qu'il s'agit et peut-être de la sécurité de sa famille qu'elle n'a pas le droit de mettre en danger.

Maxime l'appelle en boucle. Il semble inquiet mais pas à cause de sa visite cachée. Visiblement, il ne s'est pas rendu compte de son passage illicite à son domicile. Il lui laisse de nombreux messages. Elle les écoutera à son arrivée.

Il est trop tard pour joindre un des membres de sa famille lorsqu'elle se réfugie enfin dans son univers à elle, bien à elle. Elle se sent épuisée comme si elle avait couru un marathon.

Elle rafraîchit ses idées tourmentées en s'octroyant une douche chaude et réconfortante. Tête sous l'eau, elle passe la main dans ses cheveux doux comme de la soie.

Un sentiment de bien-être l'habite de manière inexplicable. Etre loin de Maxime et de sa présence à la fois magnétique et énigmatique l'apaise.

Hélas, ce sentiment de plénitude ne saurait durer.

11.

« La peur ne se fuit pas, elle se surmonte. » Bien décidée à appliquer l'adage de Simone Veil qui sait de quoi elle parle, Caroline s'autocontrôle.

Quand Maxime découvrira qu'on lui a dérobé le médaillon, bijou de valeur, et le mouchoir brodé, objet affectivement irremplaçable, il s'empressera de porter plainte. Une enquête sera diligentée.

On interrogera le concierge et on fera forcément le rapprochement avec elle. Elle l'imagine, répondant à l'interrogatoire de la police :

- Oui ! Oui ! J'ai vu un jour une femme que je ne connaissais pas. Je me suis bien méfié mais elle paraissait si sûre d'elle que je l'ai laissée rentrer. J'aurais pas dû ! Je m'en veux !

Les policiers dresseraient un portrait-robot et avec Google Images, il leur suffirait de quelques secondes pour s'apercevoir qu'il s'agit de Caroline Lacoste, l'écrivaine des banlieues.

Comme toujours dans sa vie, en période de catastrophe matérielle ou de séisme affectif, elle se ressaisit et adopte une attitude positive en dépit des circonstances défavorables.

C'est sa résilience à elle. Ce trait de caractère force le respect de son entourage.
Se vêtir dans la joie fait partie de sa méthode Coué. Caroline opte donc pour une robe aérienne, peu encombrante et fleurie, en mode printanier.

Elle programme sur Google Play des chansons qui redonnent la pêche. C'est bien connu, la musique guérit tous les maux et permet d'apaiser les cœurs.

Ces chansons vont immédiatement la rebooster. Elle pourra chanter à tue-tête ces tubes incontournables.

Elle escalade lestement l'échelle panoramique qui lui permet d'accéder à la plus haute étagère de son dressing, haut de quatre mètre cinquante. Immeuble du XVIIème siècle oblige.

C'est là qu'elle entrepose son « grenier » comme elle l'appelle. Elle y range toutes les choses à conserver, pour elle et ses descendants. Essentiels mais pas à usage quotidien.

Premiers vêtements de sa fille dans une jolie boîte rose Barbie, séparés les uns des autres par du papier de soie.

Vêtements fétiches de sa bat-mitzvah, de son mariage, d'un concours scolaire, d'une rencontre exceptionnelle, d'une dédicace phare, d'une émission télé…

Et photos évidemment.

Photos imprimées comme on le faisait au bon vieux temps. Maintenant elle dépose tout, dans des albums, sur son espace iCloud.

Elle a pris soin d'identifier chaque boîte, mallette, paquet, panier, corbeille, à l'encre noire.
Pour se motiver dans cette entreprise laborieuse, elle avait chiné chez un bouquiniste, de charmantes étiquettes « gommées assorties premier choix » de la série « La Trousse de l'Ecolière ».

Il lui est donc facile de se retrouver dans cet assortiment de rangements malins.

Elle se souvient de ce dimanche de blues où elle comptait sécher ses larmes en vidant ses placards.

Elle en avait profité pour se délester du superflu, fringues usagées, cahiers de cours de sa fille depuis la maternelle, sweat-shirts doudous, souliers neufs mais devenus ringards…

C'était après la rupture avec Christophe, le seul homme qu'elle n'ait jamais aimé, avant Maxime.

Cette opération n'avait pas arrangé son cas. Submergée par ces réminiscences du passé, son chagrin et son manque de croyance au bonheur n'avaient fait qu'augmenter.

*

Elle en profite pour épousseter au plumeau chaque objet. Puis elle jette sur le parquet de chêne, l'énorme boîte « Photos anciennes » qui s'ouvre dans la chute pour dévoiler un amoncellement de souvenirs de toutes les époques.

Elle choisit la posture idéale pour une longue durée d'introspection. Elle s'assoit par terre, les jambes en tailleur, pieds nus.

A ses côtés, son ordinateur portable prêt à la consultation de l'album « Inconnu » et les deux pièces à conviction qu'elle avait eu le courage de subtiliser de la chambre mystérieuse, le mouchoir et le médaillon. Sans oublier, un cendrier, dérobé dans un hôtel, un paquet de cigarettes avec filtre et un briquet électrique. Avec tout ce stress, elle n'arrête pas de fumer.

La boîte « Photos anciennes » contient plusieurs paquets dont un avec des photos uniquement en noir et blanc, les plus anciennes. C'est dans celui-ci, le plus mince des lots, qu'elle jette son dévolu. La photo de sa grand-mère se niche là, à coup sûr.

Certaines sont estampillées « Collection Privée ». Son frère avait effectué un vrai travail de recherche d'archives de leurs ancêtres. Il avait eu la gentillesse d'offrir des duplicatas à sa petite sœur. Il devait craindre que quelqu'un revende ces gravures pour les marquer ainsi.

Elle tombe sous le charme de ces portraits d'antan, au cadre blanc dentelé, avec un savoir-faire digne du Studio Harcourt… de ces couples photogéniques, le jour de leurs mariages ou de leurs fiançailles… des jeux d'enfants avec des cerceaux ou des quilles.

Elle ignore son attache avec ces personnes à l'air si solennel, à la mine souvent austère, mais beaux comme des tableaux de maîtres. Sans doute des grands oncles, des grands tantes, arrières grands-parents, du côté maternel et paternel…

On est loin des pitreries sur les réseaux sociaux. C'était l'époque où la photo était considérée comme un art.

Cigarette au coin de la bouche, elle passe la paume de la main hâtivement dans tous ces clichés, comme on mélangerait un jeu de cartes.

Elle est si impatiente de repérer l'objet de ses recherches qu'elle n'a plus de temps à perdre.

Le trac la saisit.
C'est le moment de casser le stress en allant se faire couler un café à la crème brûlée, un de ses parfums préférés.

Elle revient équipée d'un mug isotherme dans la perspective de pouvoir se ravitailler longtemps en boisson énergisante. De quoi recharger ses batteries durant cette étudc qui promet d'être chargée en émotion.

Elle écarte certains clichés de sa grand-mère en pleine maturité. Elle en cherche un où elle serait âgée d'une quinzaine d'années comme celle du médaillon.

La photo tant espérée apparaît sous son air stupéfait. Elle la compare à celle du médaillon. Exactement le même visage. La photo divulgue un buste alors que le médaillon se limite au visage de la jolie Sarah.

Le regard est le même, ébène, bouleversant, à la fois craintif et angélique. On a l'impression qu'il peut arriver n'importe quoi à cette jeune-fille fragile, introvertie à cause d'une éducation juive rigoureuse.

Elle semble livrée aux affres d'une existence qui n'a pas toujours été facile mais dont Caroline ignore tout.

- Une Sainte. Un ange tombé du ciel.

Quelle différence avec les ados d'aujourd'hui à l'assurance exacerbée par leur surexposition indécente sur internet !

Ses cheveux sombres sont retenus par un foulard de soie imprimée, joliment noué sur le côté, d'où quelques mèches retombent, valorisant l'ovale du visage.

Le turban aurait pu inspirer *La Grande Odalisque* d'Ingres. Ce portrait entraîne Caroline dans un Orient de rêve dont sa famille est issue. La texture des tissus dénote une appartenance à une famille nantie. Cette image est frappante par sa subtile économie de couleurs.

Malgré une naïveté surannée, la jeune fille n'en reste pas moins sensuelle.

Caroline s'émerveille de cette figure de rêve et de mystère.

C'est donc bien elle !

La photo de droite du médaillon est celle de sa chère grand-mère, Sarah-Elise Benhamou.

Ne faiblissant pas dans sa recherche aussi inquiétante que romanesque, Caroline s'attaque à la suite.

C'est au tour du jeune-homme.

Dans un médaillon, les deux photos représentent des amoureux. Ce garçon doit donc être le grand-père de Caroline.

Elle mélange à nouveau les photos à la recherche de l'unique photo de son grand-père, dupliquée par l'ensemble des membres de sa famille en raison de sa rareté. Cette photo a été prise le jour de son mariage avec sa grand-mère.

Elle dégote rapidement le jackpot !

Le couple pose à la sortie de la Synagogue. La jeune mariée porte une robe classique des années 20 qui met l'accent sur son tour de taille incroyablement fin. L'encolure bateau en tulle et broderies lui donne une allure princière.

Caroline est époustouflée devant cette jeune femme qui ne sourit pas et ne semble pas heureuse. Attitude étonnante le jour d'un mariage même si, à l'époque, les photographies étaient quasi officielles.

Aucune émotion n'est perceptible sur son visage. Elle subit ce moment exceptionnel qui devrait consacrer une belle histoire d'amour.

Caroline flaire le mariage arrangé.

Les Juifs étaient si peu nombreux en Algérie qu'ils se mariaient entre eux, n'hésitant pas à accepter des unions consanguines.

Le marié, en queue de pie et chapeau haut de forme, arbore une moustache guidon épaisse et fournie avec les pointes recourbées vers le haut.

Sa taille dépasse celle de la mariée d'au moins vingt centimètres.

Caroline s'empare de la loupe au grossissement de deux fois et demi la hauteur normale. Elle compare cette photo au médaillon. Aucune similitude.

Le jeune homme du bijou aux cheveux châtain clair est presqu'imberbe. Le marié est brun et poilu.

Le constat tombe comme une évidence. Le visage du médaillon n'est pas celui de son grand-père.

Qui pouvait donc être ce jeune homme à côté de sa grand-mère sur le médaillon ?

Le jour de son mariage, sa grand-mère semble avoir à peu près le même âge que sur le bijou. Vu son air angélique, il est peu probable qu'elle ait eu un copain, voire un amant, en même temps qu'elle convolait.

Caroline remet l'énorme boîte à sa place en conservant les deux photos essentielles à son enquête.

Maxime en saurait-il plus qu'elle sur les origines de sa famille?

Les générations précédentes ne se livrent pas sur leur passé. C'est motus et bouche cousue. Caroline ignore tout de la jeunesse de sa grand-mère.

Elle se renseignera auprès de ses tantes pour éclaircir ces points sombres.

*

Entre temps, Maxime l'a appelée plusieurs fois.
Elle observe le plus grand mutisme en faisant croire que son téléphone est hors service. Il n'y verra que du feu.

Ses textos la rassurent. Il ne s'est pas aperçu de sa visite insidieuse dans son appartement. Elle doit accélérer son enquête et la résoudre avant qu'il ne se doute de ce qu'elle trame.

- Allo Tata !

- Oui ma chérie ! Ça me fait plaisir ! Tu m'appelles souvent en ce moment.

Si sa chère tante apprenait que son assiduité était intéressée, elle serait déçue.

- Oui ça va merci.

- Et ta mère ?

- Oui… Oui… Tout le monde va bien… Dis-moi…

- Oui…

- Mamie vivait où, quand elle avait 15 ou 16 ans ?

- En Algérie !

- Sûr ?

- Oui ! Bien sûr ! Elle a toujours vécu là-bas jusqu'en 62.

- Dans quelle ville exactement ?

- Marnia, près de Tlemcen.

- Tu connais un peu sa vie à l'époque ?

- Euh… Je sais qu'elle était d'une famille bourgeoise et qu'elle jouait du piano.

- Oui, ça je suis au courant… Maman me l'avait dit.

- Tu veux savoir quoi ?

- Ils vivaient où exactement ? Ses parents faisaient quoi ?

Voulant justifier ses questions insolites après tant d'années de silence, Caroline prétend qu'elle veut écrire la biographie de sa grand-mère.

Elle pose un bémol. Il faudra que sa vie soit suffisamment captivante. Elle ne voudrait surtout pas que sa tante soit suspendue à la parution d'un tel ouvrage qu'elle serait fière de présenter à ses enfants et petits-enfants.

Stimulée par l'enjeu, Tata Andrée abonde de détails.

Caroline la remet régulièrement sur les rails car elle se penche plutôt sur sa vie personnelle que sur celle de sa grand-mère.

Caroline la pousse à creuser dans sa mémoire et à se souvenir de la jeunesse de Sarah.

- Tu sais, à l'époque on ne parlait pas.

C'est vrai que, dans le passé, personne ne s'épanchait sur sa vie, son enfance, sa jeunesse.

Les historiens ou journalistes se sont heurtés à des murs, en interviewant les rescapés de la guerre.

D'où la valeur de films documentaires comme « Shoah » de Claude Lanzmann ou de récits comme « Une vie » de Simone Veil, jeune rescapée d'Auschwitz.

- Je crois que son père était commerçant. Ils avaient un commerce de tissu ou…

- Elle s'est mariée à quel âge ? Avec qui ?

- Elle s'est mariée jeune comme toutes les filles à cette époque avec un cousin éloigné qui s'appelait comme elle, Benhamou.

- Ah ! C'est pour ça que sur son trousseau il y avait les mêmes initiales SB. Elle n'a pas changé de nom en se mariant.

- Oui… Mon père s'appelait Joseph. Il est mort quand j'étais bébé. Je ne l'ai pas connu.

- C'est pour cette raison que Mamie est devenue pauvre ?

- Oui ! Elle a élevé sept enfants sans aucune aide !

- Elle est née quand ?

- J'ai revu son livret d'état civil il n'y a pas longtemps. Elle est née le 27 septembre 1905.

Sa tante passe en revue les frères, Adolphe, Aaron, Jacques, Roger... et la seule fille, la sœur de Sarah, Julie.

Caroline ne prête pas attention à ces éléments. Pour comprendre qui est cet homme sur le médaillon et surtout pourquoi Maxime le possède, elle doit la guider, pas à pas, dans sa mémoire. Ne pas s'éparpiller.

- Puisque ses parents étaient riches, pourquoi est-ce qu'elle n'a pas hérité de leur maison ? Au moins ça !

- A l'époque, on ne pensait pas comme ça…

- Ah bon ? Il y avait bien des héritages avant, même au XIXème siècle, il y en avait.

Sa tante perd le fil. Elle ignore la raison de cette situation. Caroline essaie de glaner d'autres informations. Elle lui tire les vers du nez en la mettant, tendrement, à l'épreuve.

- Elle habitait où quand elle était petite ?

Etrangement, Andrée évolue dans sa mémoire et parvient enfin à se souvenir de cette maison maternelle.

Elle s'y rendait pour voir sa tante Julie, la sœur de Sarah.

Celle-ci avait hérité de cette demeure avec Tonton Jacques. Etrangement ces deux-là ne se sont jamais mariés.

Il était donc logique que ça soit eux qui s'approprient le bien familial. Ils ont vécu ensemble dans la propriété de leurs parents jusqu'au rapatriement d'Algérie.

- Ma mère habitait rue Mac Mahon, au 115. Il y avait une très belle cour avec des carreaux noirs et blancs.

- Waouh ! Ça devait être beau… Un peu comme les riads au Maroc ?

- Tout à fait !

Andrée prolonge son flash-back, enchantée de ce soudain retour à la mémoire.

- Quand on rentrait dans la cour, au fond, il y avait un grand bassin avec des zelliges bleu turquoise.

- Des zelliges ?

- Oui le carrelage traditionnel marocain. C'était magnifique ! On montait quelques marches. Il y avait une grande terrasse. Et la mosquée était en face.

Ces détails lui reviennent comme des éclairs. Au début de la conversation, elle n'avait aucun souvenir.

Au fil de l'échange et des questions successives de Caroline, des bribes de souvenirs puis des souvenirs précis lui reviennent à l'esprit. Comme pendant une séance d'hypnose.

Caroline note chaque phrase sur son ordinateur portable. Elle a ouvert un dossier « Sarah jeune ».
Elle tape avec frénésie pour ne rien oublier.

Andrée justifie son peu d'anecdotes :

- Dans ce village, il ne se passait pas grand-chose. On faisait le boulevard d'un bout à l'autre.

- Vous alliez dans les cafés ?

- Non ! Surtout pas ! *L'archouma* (*ndlr* la honte en judeo-arabe). On passait devant les terrasses. On ne s'attablait pas.

- Il n'y avait que des hommes dans ces cafés ?

- Exactement ! Alors nous, on les regardait l'air de rien… On draguait un peu…

Cette dernière remarque ingénue déclenche le fou rire de Caroline.

- On n'était pas riche mais on était toujours sur notre 31.

- Et ton père était d'une famille aisée ?

- Il avait hérité d'une ferme qu'il faisait gérer... je crois... Il est né à Oujda au Maroc.

Au bout d'une bonne heure d'entretien, Andrée est dérangée par quelqu'un qui sonne à la porte. Elle écourte la conversation. Caroline ne pourra pas obtenir plus de renseignements sur la jeunesse de sa grand-mère, Sarah.

Aucune allusion à un autre amoureux qui pourrait être le jeune homme du médaillon. Cette jeune fille a épousé un homme qu'on lui a choisi, sans amour visiblement.

Au vu de l'ambiance du village, on est loin de la libération de la femme.

Il serait donc peu cohérent que Sarah ait eu une aventure. Tout le monde aurait été informé !

Caroline émet pourtant l'idée avant de raccrocher.

- Mamie n'a pas eu d'autre amoureux avant son mariage ?

- Non ! Je ne crois pas…

Satisfaite de sa récolte, l'enquêtrice chevronnée libère sa tante par son cri de guerre :

- J'suis en mode warrior !

Elle consulte avec satisfaction ses notes qui remplissent deux pleines pages de récit d'une époque et d'un pays dont elle ignorait tout jusque-là.

Une pêche miraculeuse. Elle avance doucement dans cette expertise laborieuse.

Réjouie de cette moisson, elle remercie vivement sa tante qui lui répond, tout aussi enjouée.

- J'ai adoré cette discussion. C'était pas plombant ! Ça a égayé ma journée !

12.

C'est étrange ! Depuis qu'elle est rentrée chez elle, Maxime ne l'appelle plus. Il avait essayé avec acharnement de la joindre quand elle roulait sur l'autoroute de retour, espérant encore qu'elle le rejoindrait. Puis le lendemain matin. Depuis, rien !

C'est la première fois depuis qu'elle le connaît qu'il reste deux jours sans l'appeler ni lui envoyer le moindre texto.

Caroline craint qu'il ait déniché le pot aux roses.

Elle s'attend à recevoir une convocation de la police ou à le voir débouler pour réclamer des excuses.

Pire, n'ayant pas d'autre issue, il viendrait l'éliminer en personne ou il la ferait exécuter par un tueur à gages. Un obscur contrat serait mis sur sa tête pour une raison qu'elle arrive de moins en moins à saisir.

Ce qui l'effraye également, c'est que Maxime peut rentrer chez elle quand il veut. Pour ne pas être redevable, elle lui avait remis un jeu de clefs.

En dehors de sa fille, personne n'a jamais eu cet honneur. Aucun de ses précédents amoureux n'avait même osé le demander.

Quelle idiote ! Elle aurait pu attendre un peu ! Au lieu de cela, elle a fait reproduire spécialement pour lui une clé par le fabricant de la serrure. Par prudence, vivant seule, elle avait fait installer une porte blindée, avec des clefs non reproductibles.

La raison ? Le centre-ville de Grenoble est réputé pour son manque de sécurité grandissant. Les journalistes le comparent volontiers à Chicago, la cité du crime organisé.

En tous les cas, elle ne fera pas le premier pas. S'il ne l'appelle pas, tant pis ou plutôt tant mieux. S'il recommence à la contacter, elle daignera lui répondre mais se contentera de phrases laconiques.

Caroline se décide à appeler son copain, Capitaine de Police. Son collègue lui répond qu'il est parti à la République Dominicaine. Entre vacances et récupération, il a pu obtenir ce privilège.

Elle devra donc se débrouiller seule pour sortir de cette confusion incompréhensible.

*

Premier grand projet, s'envoler pour l'Algérie !
Elle pianote sur son ordinateur à la recherche d'un vol.

Existe-t-il un avion direct Lyon/Saint-Exupéry Tlemcen ?

Sur internet, elle est attirée par une bannière qui annonce une offre promotionnelle plus qu'intéressante :

Réservez votre Vol + Hôtel pour économiser jusqu'à 40 %
Elle sélectionne l'option la plus pratique. La durée totale du vol entre Lyon et Tlemcen est d'environ 2 heures 10, en considérant une distance moyenne de 1 308 km, pour la somme de 500 € aller et retour.

Seul problème. Elle a toujours refusé de se rendre dans cette destination pour des raisons de sécurité. Pourtant ce n'est pas l'envie qui lui manquait.

Les Juifs évitent de se rendre en Algérie sauf en groupes, pour leurs affaires ou avec une association.

Une protection essentielle dans un pays où les habitants gardent une haine farouche contre ceux qu'ils considèrent comme leurs anciens colonisateurs.

Une idée lumineuse lui traverse l'esprit.

Un de ses anciens voisins, Belkacem Hamou, lui propose souvent de lui faire découvrir son « beau pays » en l'entraînant sur les traces de ses ancêtres.

Peu objectif avec les siens, il lui a toujours affirmé, devant sa réticence à se rendre dans un pays aussi hostile aux Juifs pieds-noirs :

- Il n'y a aucun risque ! Je t'assure ! Tu viendras avec moi ! C'est un pays magnifique, tu verras !

Elle pourrait ainsi joindre l'utile à l'agréable.

Belkacem ne saurait rien lui refuser avec le nombre de services qu'elle lui a rendus. Son entreprise dans le secteur du bâtiment se partage entre les deux pays, la France et l'Algérie. Grâce à elle, il a décroché des contrats juteux pour la construction de maisons ou de gros travaux. Il lui doit une fière chandelle.

Il se rend, tous les deux ou trois mois, dans son pays natal pour des chantiers en cours. Il en profite pour entretenir ses relations avec sa famille restée au « bled ».

Il suffira que Caroline attende son prochain départ.

De toute façon, il n'y a pas à tergiverser. Il est impératif d'y aller !

C'est à cette condition qu'elle pourra résoudre l'énigme de sa grand-mère ! Elle enquêtera sur place, cherchera sa maison d'enfance, sondera les habitants alentours.

La mission s'avère ardue car de l'eau a coulé sous les ponts. Elle n'aura affaire probablement qu'aux enfants, voire aux petits-enfants de ces témoins potentiels.

Elle doit tout savoir de la jeunesse de sa grand-mère. Peut-être qu'elle percera par ce biais, l'identité du jeune homme à côté d'elle sur le médaillon.

Question subsidiaire. Quel lien existe-t-il entre elle et Maxime ? Pourquoi lui en voudrait-il ? Ses ancêtres auraient-ils fait du tort aux siens ?

Quant aux documents allemands, elle les met pour l'instant entre parenthèses.

Tout à coup, une idée brillante lui traverse l'esprit.
Si le jeune homme était un Allemand de passage en Algérie qui l'aurait séduite ? Un soldat par exemple.

Oui mais alors, comment justifier la présence de militaires allemands à cette époque ? On n'est pas encore dans l'Allemagne nazie. Sa grand-mère est née en 1905. A l'âge de 15 ans, on était en 1920…

Recherche sur Internet
Les troupes américaines ont débarqué en Algérie en novembre 1942.

Elle écarte le soldat, peu probable selon l'histoire.

Dans ce cas, il aurait pu être marin ou investisseur… L'Algérie attirait beaucoup de riches Européens qui s'octroyaient des terres.

C'est le marin qui retient tous ses suffrages.

- Don't forget it !

Elle donne rendez-vous autour d'un café, à son ami Belkacem qui accepte avec plaisir. Il ne boit pas d'alcool donc l'apéritif est inapproprié.

- Je meurs d'envie d'aller en Algérie ! J'ai besoin de tes conseils.

- Pas de problème… Avec plaisir ! Depuis le temps que je te le propose !

- Tu dois y retourner quand ?

- Pas avant trois ou quatre mois…

- C'est trop tard alors. Je veux y aller tout de suite. Tant pis ! J'irai seule !

Belkacem s'étonne de cette urgence alors qu'il la motive depuis des années pour qu'elle l'accompagne.

Désireux de l'aider malgré tout, il lui propose :

- Je peux te réserver ton billet, j'ai l'habitude. A cette époque, les avions ne sont pas complets, tu devrais trouver de la place.

- Oui avec un peu de chance, j'aurai un vol rapidement. Par contre, j'ai une requête à te faire.

- Je ne peux rien te refuser…

- Je dois aller à Marnia, tu sais, la ville où a vécu ma famille. Je voudrais retrouver la maison de ma grand-mère. Tu peux me préparer le terrain pour que je ne perde pas de temps à mon arrivée ?

- Pas de problème. Il faut atterrir à Tlemcen. Tu veux rester combien de temps ?

- Trois ou quatre jours maximum. Ça devrait suffire…

Belkacem réserve toujours une voiture de location qui l'attend à l'aéroport. Ainsi, il peut sillonner l'Algérie de ville en ville pour ses affaires et rendre visite à chaque membre de sa famille, éparpillée dans tout le pays.

Caroline se frotte les mains de ce bon plan. Se rendre dans un si petit village ne peut se faire qu'en voiture.
Par contre, toute seule, sans parler l'arabe, elle va galérer et surtout se faire repérer. Elle préfère opter pour le taxi.

Sur tous les livrets d'état civil des Benhamou, figure « Marnia » Algérie, comme ville de naissance. Elle constate que cette commune a changé d'orthographe et s'appelle maintenant *Maghnia*.

- Maghnia, c'est à côté de Tlemcen, à peu près à 50 kilomètres de l'aéroport.

Il prononce *Maghnia* avec l'accent arabe ce qui amuse Caroline.

- On dirait même plus la même ville !

- Par contre, il faut réserver un hôtel à Tlemcen. Ce sera ton pied à terre. De là, tu pourras visiter ou faire ce que tu veux.

Ce que son ami ignore, c'est que Caroline ne se lance pas dans cette expédition pour faire du tourisme. Elle mène une enquête ardue et cette étape s'avère primordiale.

Si elle se lance dans cette aventure pour revenir bredouille, elle ne saura plus à quel saint se vouer pour découvrir la vérité et réunir les nombreux maillons de la chaîne.

Elle prépare avec le plus grand soin, une pochette réunissant tous ses trésors :

Le médaillon aux deux portraits dont celui de sa grand-mère âgée d'environ 15 ans.

Le mouchoir brodé aux initiales SB.
Les deux documents en Allemand qu'elle a imprimés : le certificat à la date de naissance identique à celle de Maxime et la médaille militaire de la période nazie.

Les deux photos de ses archives personnelles : la jeune fille au turban, discrète et sensuelle, et le mariage semblant forcé de ce couple élégant des années 20.

Elle les gardera dans son sac à main. Il n'est pas question de prendre le risque de les perdre en les abandonnant dans la soute.

18 heures sonnent lorsqu'elle quitte Belkacem, excité comme une puce à l'idée d'aider Caroline dans cette démarche aussi importante.

Quant à elle, elle se félicite de son organisation magistrale.

- Rondement mené !

Sans l'aide d'un Algérien, ce périple aurait été quasiment mission impossible entre les problèmes de transport, de langage, de misogynie culturelle, et d'antisémitisme ancestral. Il nécessite une préparation en amont.

*

Aujourd'hui, Maxime s'est remis à lui écrire. Etrangement, la reprise de ce rituel la rassure. Son silence lui faisait craindre qu'il y avait anguille sous roche.

Cependant, il n'ose plus l'appeler.

De sollicitations pressantes en suppliques désespérées, il lui adresse enfin un texto émouvant.
Je sens que tu ne veux plus me voir
Pourquoi ?
Ai-je été maladroit ?
Tu me mank tant !!!

Le mot « mank » écrit de cette manière lui ressemble si peu que Caroline sourit de cet exercice dans lequel excellent plutôt les nouvelles générations.

Elle se décide à lui répondre pour le rassurer. Sa stratégie consiste à espacer la relation sans une rupture brutale. Elle ne veut pas le contrarier et risquer de provoquer ses foudres.

Toi aussi

Texto lapidaire qui a dû décevoir Maxime qui n'enchaîne pas.

*

Les journées de Caroline se remplissent sans grande difficulté. Elle est débordée par son enquête passionnante ! Elle ne veut pas lâcher prise un seul instant.

Chaque minute est précieuse pour réunir toutes les pièces du puzzle.

Par moments, elle se demande bien ce qu'elle va découvrir. Elle ne s'attend pas à un conte de fées mais plutôt à un drame longtemps étouffé par tous.

Seule au monde, Caroline craint pour sa vie. Maxime ne la lâchera pas.

Il ira jusqu'au bout de ses projets. Elle doit essayer de déjouer ses manigances en dénouant le plus vite possible cette énigme captivante.

Une chose est certaine. Il y aura un avant et un après Maxime.

Elle occupe le temps qu'il lui reste avant le grand départ, à questionner les autres membres de la famille.

Elle poursuit la dissection des photos en les grossissant, de crainte de faire une erreur d'analyse et de s'écarter de la vérité.

Dès que Maxime lui confie qu'il cherche des papiers ou qu'il a égaré quelque chose, elle tressaillit de peur. Elle élude le problème en parlant du temps. La météo, le sujet idéal pour détourner l'attention.

Elle s'est retrouvée au cœur d'un dédale inextricable en mettant son nez dans les affaires de Maxime.
Sa mission ? Faire avorter son complot contre elle et probablement contre sa famille.

Elle s'étonne elle-même de son comportement. C'est la première fois qu'elle en vient à fureter ainsi. Elle se demande comment elle en est arrivée là. Peut-être à cause de son sixième sens légendaire.

Sa fille s'émerveille toujours de ses prévisions qui s'avèrent exactes.

- T'es une vraie sorcière.

Les non-dits de Maxime à propos de l'Allemagne avaient éveillé ses soupçons et aiguisé son appétit de vérité. Tout a commencé par là.

Pourquoi l'a-t-il cherchée, elle, Caroline ? Quoi qu'il en soit, ces faits seraient prescrits. Donc quel intérêt pouvait-il y avoir à remuer ce passé révolu ? Toutes ses découvertes autour de l'Allemagne nazie et la jeunesse de sa grand-mère s'échelonnent entre 1900 et 1950 environ.

Comment établir un rapport entre les documents allemands et sa grand-mère qui vivait en Algérie ? Et surtout que vient-elle faire au milieu de ces secrets soigneusement cachés ?

*

Maxime lui propose de lui rendre visite. Il n'est jamais venu chez elle. Elle ne l'a pas invité.

Entre la dédicace, le premier dîner, Bruxelles et les week-ends chez lui, elle compte sur ses doigts le nombre de fois où ils se sont vus.

- Après tout, je ne l'ai vu que cinq fois ! se dit-elle.

- Tu m'accueilles ?

Elle répond spontanément :

- Non !

Elle s'en veut de ce manque d'hospitalité envers un homme qui l'a tant gâtée. Mais comment agir autrement ? Elle aurait tant aimé trouver enfin le compagnon idéal.

Un homme comme lui, en fait.

- Non ? Tu ne veux plus me voir c'est ça ? Sois sincère.

Elle se remémore souvent la conversation téléphonique qu'elle a surprise chez Maxime alors qu'elle était tapie, littéralement terrorisée, dans la chambre *MR*.

Il parlait d'éliminer quelqu'un et de prendre les choses en main. C'était d'elle qu'il parlait. Elle en mettrait sa main à couper !

De peur que ces mots ne s'effacent de sa mémoire, elle les avait notés in extenso sur son bloc-notes et intégrés à l'album « Inconnu ».

Dans ces conditions, il n'est pas question de revoir Maxime. Pourquoi ne pas rentrer dans la fosse aux ours aussi ?
Elle se blottit comme tous les soirs, dès 22 heures, dans son lit king size, qui accueille ordinateur, téléphone, cahier, stylo… un véritable bureau.

De peur d'omettre la plus petite étincelle de génie, elle se munit des outils essentiels pour immortaliser, à la seconde, la moindre idée.

Hélas, cette angoisse entretient son insomnie récurrente. L'épuisement la guette.

A ce rythme, elle ne tiendra pas longtemps. Elle va atterrir à l'hôpital psychiatrique.

Elle navigue entre étude construite et paranoïa ingérable, sans discerner le vrai du faux.

Il lui manque des pièces pour compléter le puzzle. Elle doit poursuivre activement et intelligemment ses recherches.

Impossible d'écrire son prochain roman dont elle doit remettre la première épreuve dans un petit mois.

Elle projette de porter plainte à l'hôtel de police ou au moins de faire une main courante pour le cas où il lui arriverait quelque chose.

En dehors de sa fille, personne n'est au courant de ce cauchemar dans lequel elle est embourbée depuis plusieurs semaines.

*

21:00

On tambourine à la porte. Au lieu d'aller répondre, elle se réfugie à tâtons au fond de l'appartement. Elle vit désormais dans une inquiétude permanente.

- A cette heure-là, qui cela peut-il bien être ? se dit-elle effrayée.

Elle éteint discrètement toutes les lumières, la télévision, la musique… L'appartement entier se retrouve plongé dans une obscurité totale et un calme profond. Il s'agit de faire comprendre à l'individu, de l'autre côté de la porte, qu'il n'a plus qu'à rebrousser chemin.

Elle se noie dans un climat de guerre qu'elle livre seule, en première ligne.

- C'est lui ! se dit-elle.

Elle a pris soin de bloquer la porte avec le verrou intérieur. Ainsi, même avec sa clef, il ne pourrait pas rentrer.

De toute façon, il serait forcément mal intentionné s'il voulait pénétrer chez elle en son absence.

Lucide et consciente qu'elle était coupable du même délit d'effraction de domicile, elle chuchote :

- Oups ! Comme moi…

La personne attend toujours, alternant entre toquer et sonner.

Caroline finit par s'approcher à pas feutrés de la porte sans oser regarder dans le judas. Elle discerne le souffle de quelqu'un qui s'impatiente dans le couloir. Il reste, persuadé qu'il y a quelqu'un à l'intérieur.

- Ça fait au moins dix minutes qu'il attend, s'inquiète Caroline.

Elle se demande :

- Comment a-t-il fait pour franchir le premier sas de sécurité ? Il doit avoir un badge.

C'est Maxime ! C'est sûr ! Qui d'autre, à part sa fille, possède le badge d'entrée ? Les voisins se sont toujours annoncés quand il leur est arrivé de réclamer quelque chose.

De guerre lasse, l'intrus s'est évanoui dans la nature laissant Caroline dans l'expectative. Qui était-ce ? Elle avait cru reconnaître le souffle d'un homme.

Elle se sent en danger. Elle ne sait pas comment se débarrasser de Maxime.

Son attitude est anormale. Il lui écrit moins mais maintient la relation sans se décourager. Tout amoureux comprendrait à demi-mot qu'il est poliment éconduit et se retirerait sur la pointe des pieds. Lui non !

- Et pour cause ! se dit-elle. Il doit être sidéré que ses plans soient déjoués.

Sa tête mise à prix au nom de quelle idéologie ? Cette question taraude Caroline.

Elle lui envoie un texto pour s'enquérir de l'endroit où il se trouve.

Tu es où ?

Chez moi ma chérie

Il enchaîne, perspicace, sans attendre sa réponse.

Tu veux venir ?

Caroline n'arrive jamais à le surprendre en flagrant délit de mensonge. Il observe toujours une impassibilité déconcertante.

Officiellement, il reste toujours son amoureux, voulant bâtir l'avenir à ses côtés.

Ce n'était peut-être pas lui, l'homme derrière la porte. C'est elle qui s'enferme dans ses fantasmes.
Elle tremble à l'idée de l'approcher à nouveau. Et pourtant, elle doit prendre son courage à deux mains pour garder un contact superficiel avec lui.

Elle bâtit une stratégie qu'elle affine chaque jour face à l'inimaginable.

Caroline appréhende de révéler le salaud qui se cache derrière les airs de dandy de Maxime.
Tout prouve qu'il se tait sur des faits importants :

Cette pièce secrète, vieillotte et glauque qui contraste tant avec le luxe scandaleux de la partie visible de l'appartement.

Tous les documents qu'il planque avec le soin d'un agent secret.

*

Ses nuits sont agitées. A chaque claquement de porte dans la montée d'escalier ou agitation dans la rue, elle se réveille en sursaut.

Le voyage tant attendu se profile.

Double bouleversement.
Tout d'abord, elle avait toujours rêvé de se transporter sur la terre de ses ancêtres.

Hormis les odeurs épicées adulées par son père, elle n'avait aucune idée de ce que pouvait être le quotidien des Français et surtout des Juifs dans ce pays musulman et déshérité.

- Ah mais détrompe-toi ! C'était beau l'Algérie ! Grands immeubles haussmanniens, belles terrasses de café, jolies maisons… rectifie toujours sa mère.

Ensuite, elle pourra, grâce à ce périple, démêler l'arcane tissé par Maxime et comprendre le rôle qu'elle joue au milieu de ce psychodrame.

13.

Avant de réserver son vol, Caroline se présente au Consulat d'Algérie pour accélérer sa demande de visa. Remplir le formulaire sur internet aurait pris beaucoup plus de temps.

Briefée par Belkacem, elle a contacté son éditeur pour organiser une séance dédicace dans la librairie principale de Tlemcen.

Le visa ne s'obtient qu'à condition de justifier le déplacement, raison professionnelle ou hébergement chez un résident.

En un coup de fil, elle franchit le premier obstacle. Elle passera un après-midi à dédicacer son livre. Elle ne s'attendait pas à cette obligation qui réduira la durée sur place. Mais impossible de faire autrement. Elle doit juste confirmer le jour au libraire dès qu'elle connaîtra les dates de son séjour.

Superstitieuse, elle observe chaque signe du destin. Si elle obtient facilement ses requêtes, c'est que ce voyage est bien aspecté.

La queue devant le Consulat, semblable à une boulangerie en Pologne, découragerait n'importe quel individu.

Le public, très couleur locale, communique en arabe et arbore déjà l'accoutrement des pays du Maghreb, femmes voilées et hommes en gandourah. Caroline éprouve une certaine gêne à participer à ce défilé. Elle ne se sent pas à sa place.

- Ça promet, se dit-elle, redoutant de vivre l'enfer pendant ce voyage périlleux en solitaire.

Une heure plus tard, elle se trouve enfin face à l'hôtesse, de noir vêtue, semblant épuisée par le débit de ce début de matinée. Celle-ci reconnaît immédiatement Caroline.

- Madame Lacoste ? Contente de vous voir depuis le temps.

Caroline l'embrasserait presque, tellement elle est heureuse de voir un visage familier. Tomber sur la mère de la meilleure amie d'Elise prouve décidément que toutes les chances sont réunies pour ce voyage.

Meriem et Elise se connaissent depuis la maternelle. Inséparables, elles ont été meurtries de la séparation à la suite du départ d'Elise en Angleterre.

Dès qu'elles le peuvent, elles se retrouvent, vacances ensemble, week-ends et nuits blanches à refaire le monde.

- Ah vous tombez à pic ! Je ne savais pas que vous travailliez ici !

- Pourtant je travaille au Consulat depuis dix ans. Vous allez en Algérie ?

- Oui ! J'ai une dédicace prévue mercredi prochain. Vous pensez que c'est possible d'obtenir un visa aussi vite ?

L'intervention de la mère de Meriem a abouti de manière magistrale. Elle a su user de son influence. Caroline peut enfin réserver son billet.

Elle s'envole vers son destin mardi prochain. Dédicace confirmée, mercredi après-midi. Retour prévu jeudi. Trois jours d'enfer ! D'ici là, insomnies garanties.

*

Caroline ne se lasse pas de contempler son billet d'avion. Elle le tourne dans tous les sens.

Il détient à lui seul la clef du mystère de Maxime et la découverte de ses origines ancestrales.

Son passeport, garni de la vignette indispensable, semble s'étonner lui-même de sa promiscuité avec les multiples tampons d'Israël, à Ben Gurion Airport.

Un voucher indique le nom de l'hôtel prépayé. Elle a pris soin de réserver une formule demi-pension. Elle ne s'imagine pas dînant seule dans un restaurant de Tlemcen.

Rassurée par le Groupe Accor, elle a opté pour l'hôtel Ibis. Une gamme moyenne mais sûre.

Elle se méfie des palaces 5 étoiles dans ce genre de pays.

Après la grandeur, ils peuvent afficher une certaine décadence par manque d'entretien.

Un hôtel de chaîne internationale fréquenté par des hommes d'affaires, c'est ce qu'il lui faut.

Et puis de toute façon, elle ne prévoit de retourner dans sa chambre que pour dormir. Ce ne sont pas des vacances.

En seulement trois jours et deux nuits, elle doit démêler une énigme incompréhensible en se heurtant à un lourd passé depuis longtemps révolu et des familles exilées, il y a des décennies.

C'est à 1400 kilomètres de chez elle que Caroline compte changer son destin. Elle joue son avenir au poker. Quitte ou double.

Maxime s'inquiète de son silence persistant. Il la joint, la veille de son départ, avec l'envie fébrile de la revoir, là, tout de suite.

- Désolée ! Je pars demain en Espagne.

- En Espagne ? Mais pourquoi ?...

Caroline déteste qu'on intervienne dans sa vie. Elle fait ce qu'elle veut, quand elle veut. Elle n'a de compte à rendre à personne.

- Si c'est ça la vie de couple, non merci !

Elle le pense si fort que Maxime s'excuse de son indiscrétion.

- Pardon ! C'est que… Je ne m'y attendais pas. Ça fait une semaine qu'on ne s'est pas vus. Tu me manques !

- C'est pour le boulot.

Elle abonde d'explications pour être crédible à ses yeux. Dès qu'elle sera dans l'avion, elle se sentira en sécurité, loin de Maxime et de ses prémonitions.

- Pour le boulot ?

Troublé, il répète ses phrases comme un robot. Il semble vraiment bouleversé.

Caroline analyse cette réaction non comme une preuve d'amour mais de désarroi. Ce départ fausse ses plans. Il avait dû décider d'en finir avec elle, sans faire de vagucs.

Rien dans ses actes ou ses paroles ne fait une quelconque allusion à ce qu'elle a découvert.

Pourtant, tous ces mystères autour de ses origines et la photo de sa grand-mère sont autant de preuves qu'il a des idées derrière la tête.

Si ses intentions étaient claires, il aurait tout de suite joué carte sur table en évoquant le lien de Caroline avec lui. Au lieu de ça, rien ! Aucune référence à ces objets soigneusement cachés.

Son entrée dans sa vie le jour de la dédicace, la pluie diluvienne, son allure extraordinaire, ces rendez-vous magiques…

Cette histoire pourrait paraître romanesque si elle n'était pas cousue de fil blanc.

Maxime passe du rang de prince charmant à celui de manipulateur pervers.

- Il continue de tricher. C'est un menteur professionnel. Il joue dans la cour des grands, pense Caroline abasourdie.

Elle se raisonne pour ne pas tomber à nouveau sous son charme. Il se montre si galant, précieux presque, qu'elle ne peut que succomber.

Trop beau pour être honnête ! Voilà ce qu'elle aurait dû se dire avec un peu de jugeote.

Si elle n'avait pas découvert ces secrets incompréhensibles, elle vivrait peut-être aujourd'hui avec lui et serait soumise à ses pulsions et à son objectif qu'elle prévoit néfaste.

- Je vais à Barcelone pour une dédicace. C'est la sortie de mon premier roman en espagnol !

- Top ! Tu reviens quand ?

- Je ne sais même pas. C'est mon éditeur qui s'occupe de ça.

Caroline évite de donner des précisions. Elle compte bien déjouer ses plans. Pour brouiller encore les pistes, elle ajoute :

- Elise va en profiter pour passer quelques jours chez moi.

Annonce totalement fausse pour qu'il n'explore pas son domicile en son absence, comme elle l'avait fait pour le sien.

Et puis s'il voulait du mal à sa fille, elle le saurait de cette manière…

Elle devient dingue !

Elle essaie mille tenues avant de décider ce qu'elle va emporter dans sa valise format week-end. C'est la troisième fois qu'elle retire toutes les affaires pour mettre de nouveaux vêtements.

L'heure est si décisive qu'aucun élément ne doit passer à la trappe.

Elle se rappelle de l'odeur de son père, un mélange de menthe poivrée et de tabac qu'il masquait par l'Eau de Cologne.

L'Algérie c'est comme aller sur ses traces, lui qui ne s'est jamais remis de cet exil brutal. Il s'est muré dans un silence au cours des quelques années qui ont suivi son arrivée en France et s'est laissé éteindre de tristesse.

Elle s'inspire de Scarlett O'Hara dans « Autant en Emporte le Vent ». Fouler la terre de ses ancêtres l'émeut profondément.

Elle s'imagine ramassant la terre dans sa main et la respirer comme un parfum vital.

Elle projette d'en ramener dans une bouteille de lait comme on le ferait pour du sable.

14.

Un vol sans perturbation. Un ciel bleu azur. Des hôtesses charmantes aux petits soins.

A voir de près leur allure, Caroline reste sidérée par leurs uniformes au style international qui n'a rien d'oriental.

Avant de descendre de l'avion, elle pose en selfie avec l'une d'entre elles qui lui prête son calot glamour.

Caroline est persuadée que ce séjour s'annonce sous les meilleurs auspices.

Caroline est persuadée que ce séjour s'annonce sous les meilleurs auspices.

Seul hic, elle a tellement le trac qu'elle est légèrement éméchée en débarquant. Elle va jusqu'à trébucher. Elle qui n'a jamais bu plus d'une pinte de bière ou un verre de vin par jour, a choisi ce moment pour se saouler.

Déshydratée par l'angoisse, elle a fait défiler sur sa tablette, les mini bouteilles de vin, enchaînant gaiement toutes les couleurs, rouge, rosé, blanc.

Pour parachever le tout, son voisin, un vieil Anglais loufoque, a voulu trinquer avec elle et lui faire partager son goût pour le whisky.

*

Une multitude de taxis guettent les arrivées à l'aéroport de Zenata.

En manque après l'abstinence forcée durant le vol, elle fume une cigarette blonde en fermant les yeux de délectation. Elle écrase le mégot énergiquement sur l'asphalte. Le temps presse.

Elle se laisse enivrer par la chaleur encore persistante en ce mois de septembre. Les odeurs pimentées remontent au tréfonds de son cœur.

Elle n'a pourtant jamais vécu dans ce pays. Une nostalgie imprévisible la submerge comme si l'âme de ses aïeuls s'étaient emparée de son subconscient.

Toutes les voitures sont françaises, certaines plus rutilantes que d'autres. Elles sont garées en un fouillis ahurissant. Une chatte n'y retrouverait pas ses petits. On est loin des rangées organisées de taxis dans les aéroports internationaux.

Elle se présente au premier chauffeur. Par bonheur, il parle Français.

Au même moment, une, deux, trois personnes s'engouffrent dans le véhicule sans même s'annoncer au chauffeur qui semble trouver cela normal.

Devant son air interloqué et scandalisé comme si on lui avait pris sa place, le chauffeur retire sa casquette et lui explique :

- C'est un taxi collectif. J'en prends quatre. Tu peux être la dernière si tu veux. C'est oui ou c'est non ?

Caroline se penche pour toiser les voyageurs. Ils sont tellement chargés qu'elle ne s'imagine pas passer une demi-heure entassée au milieu d'eux. En plus, ils s'expriment tous en arabe et se connaissent visiblement.

- Euh… Non… Merci…

- Regarde la Pigeot là-bas… La beige… C'est un taxi individuel. Vas-y. Dis que c'est Mohamed qui t'envoie.

Caroline le remercie vivement. Elle se dirige, mini bagage à la main et sac en bandoulière sur l'épaule, vers le véhicule recommandé, une Peugeot 406, fort convenable.

Le chauffeur attend à l'extérieur, dos collé contre sa portière. Il n'a pas autant de succès que les taxis collectifs qui filent tous, les uns après les autres, dans une procession chaotique. Caroline lui annonce le nom de l'hôtel. Elle le prévient immédiatement de son programme.

Elle se réjouit de constater que tous ses interlocuteurs, pour l'instant, sont francophones. La colonisation durant des siècles a du bon.

- On va à Tlemcen… à l'hôtel Ibis d'abord.

Elle lui tend le voucher avec l'adresse qu'elle énonce à haute voix pour l'aider.

- Boulevard El Kiffane Wilaya de Tlemcen.

Il se retourne par politesse mais ne prend pas la peine de consulter le papier. Il connaît manifestement tous les hôtels de Tlemcen.

Caroline poursuit l'énoncé de son programme.

- Vous m'attendrez, le temps que je dépose mes affaires. Puis on ira à Marnia.

- Maghnia ? reprend-il avec l'accent arabe de la nouvelle appellation du village.

- Oui… Exactement… En combien de temps on peut y être ?

Caroline a du pain sur la planche. Il est midi.

Il lui reste tout un après-midi pour débuter son enquête. C'est Byzance !

Elle veut mettre à profit chaque jour passé en Algérie. Elle doit absolument reconstituer le puzzle infernal qui la préoccupe depuis plusieurs semaines et l'empêche de dormir.

C'est, pour elle, une question de vie ou de mort. Elle a toutes les pièces mais pas forcément dans le bon ordre.

- Tlemcen… c'est à douze kilomètres de l'aéroport. On y sera vite. Après, il faut une demi-heure pour aller à Maghnia si ça roule bien.

Il se plaint des travaux actuels sur la Nationale. Il bougonne comme si travailler l'ennuyait. Il aurait préféré transporter un Algérien, de retour au bled.

Elle lui complique son train-train quotidien, cette touriste bourgeoise, semble-t-il penser, l'air bougon.

Elle fait fi de ses commentaires et de son accueil peu affable.

Elle veut juste obtenir gain de cause. Il semble vouloir s'exécuter.

Maxime s'inquiète à son sujet par un SMS affectueux :
Ça va ma chérie ?
Appelle-moi quand tu arrives

Seuls Elise et Belkacem ont été informés de la véritable destination de son voyage.

Elle s'est montrée très prolixe, nom de l'hôtel réservé, adresse de la maison familiale à Marnia… auprès de Belkacem pour qu'il ait toutes les informations en mains en cas de problèmes. Une précaution indispensable.

Contrairement à ses prévisions, Caroline se sent rassurée dans le pays de ses ancêtres. Ce retour aux sources l'apaise comme une évidence. Ses racines, enfouies dans la nuit des temps, ressurgissent sous ses yeux émerveillés. Elle sait qu'elle vit un grand moment !

Elle se laisse embarquer dans l'atmosphère unique de cette patrie dont elle a si souvent rêvé, sans oser la découvrir.

Sans encombre, le taxi la dépose devant l'hôtel.

Après un check in ultra rapide, Caroline se dirige vers sa chambre. Le lieu semble désert. Elle ne croise personne dans les couloirs, hormis le personnel.

- On doit être en basse saison, pense-t-elle en un éclair.

Peu importe ! Elle n'est pas venue ici pour faire des rencontres.

Cet hôtel correspond en tous points à ses attentes. Bar – Restaurant – Terrasse – Jardin… le tout dans une propreté impeccable.

Voilà le pied à terre idéal pour ses allers-retours entre Tlemcen et Marnia.

L'accroche « Nous parlons votre langue ! » la rassure. Pour l'instant, elle ne s'est pas heurtée au problème du langage.

Ce point de chute sied à sa première exigence, la climatisation, avec en prime, une connexion Wi-Fi gratuite.

Elle prévoit de faire des recherches sur internet à partir de tout ce qu'elle aura pu amasser chaque jour.

Elle a hâte ! Elle se sent des ailes, pressée de percer ce qu'elle appelle désormais « le Secret de Sarah ».

15.

Elle consulte la carte Michelin. De Tlemcen à Marnia, la Nationale affiche une ligne presque droite. Elle s'en réjouit car elle craignait une circulation de pays du tiers-monde où vaches, chevaux de traie et charrettes côtoient les véhicules à moteur.

Son chauffeur s'impatientait déjà en l'attendant devant l'entrée de l'hôtel.

- J'allais repartir !

Caroline ne se défend pas, de peur de rentrer dans un conflit avec son guide. Pourtant, plus rapide était impossible.

Elle s'installe sagement au fond de la banquette arrière, impatiente de rentrer dans le vif du sujet.

Elle ne ressent même pas la fatigue du voyage et de son lever très matinal. Avec les heures, l'alcool a perdu son effet. Elle marche droit.

L'excitation domine l'épuisement.

Nez collé contre la vitre, elle offre le visage d'une enfant qui découvre ses cadeaux au pied du sapin.

Elle s'émerveille de chaque paysage. Elle s'étonne de la richesse de cette région fertile et des champs garnis d'oliviers, d'arbres fruitiers, de pommes de terre…

Les figuiers la ramènent aux exquises confitures que cuisinait sa grand-mère Sarah. Un rite qui lui prenait des heures. Laver et équeuter les fruits. Les couper en quartiers. Laisser mijoter en touillant doucement durant une bonne demi-heure dans une bassine en cuivre.

Maintenant elle comprend pourquoi elle se délectait de cette confiture de figues. C'était le goût de son enfance.

Mohamed se déride devant l'exaltation de sa passagère, flatté qu'elle apprécie sa région. Ce qu'il ignore, c'est que ce pays est aussi le sien et le berceau de sa famille depuis des générations avant sa naissance.

- Avant, il y avait des vignobles ici et des caves. Après 62, ils ont tout détruit, lui explique-t-il en ponctuant sa déclaration d'un rire sarcastique.

Et pour cause, l'islam interdit de consommer l'alcool. Il serait paradoxal d'en produire.

Mohamed se met à jurer et se voit contraint de quitter la Nationale pour cause de travaux. Il la prévient de s'attendre au pire.

Là, elle assiste à un tout autre panorama !

Fermes abandonnées, constructions commencées mais pas terminées, tuiles arrachées…

Goudronné, le revêtement est en piètre état et laisse apparaître des trous spectaculaires. Une véritable montagne russe. Caroline s'agrippe à l'appui-tête de devant en poussant des cris à chaque secousse.

Belkacem l'avait avisée si elle devait conduire :

- Les routes algériennes sont les plus dangereuses au monde. Il y a beaucoup d'accidents mortels.

Quand elle discerne au loin le panneau Maghnia, une chair de poule l'envahit de tout son être. Elle y est ! Enfin ! C'est ici qu'a vécu sa famille. Elle n'ose pas y croire. C'est sa patrie !

Mohamed la dépose à l'entrée du village car il se déclare hostile à la conduite en ville.

- C'est pas grand !

Caroline, tremblante d'impatience, accepte cet arrêt prématuré :

- Oui pas de problème !

Elle propose de le payer en Euros.

- Ça fera tout juste 30 Euros ! dit-il glorieux.

Il lui propose de changer de la monnaie en Dinars, sinon elle aurait du mal à acheter quoi que ce soit.

Elle accepte l'opération au risque de se faire arnaquer par cet homme peu sympathique.

Elle réalise qu'elle a omis ce passage obligé. Elle a perdu l'habitude du change depuis l'Euro. Elle sort de son portefeuille quelques billets de cinquante Euros qu'il miroite avec avidité comme s'il allait lui voler.

La chaleur l'assaille et contraste avec la fraîcheur du taxi. Il n'y a pas un chat comme si un cataclysme ou un raz de marée avait envahi la petite cité.

Sandales légères, jambes nues, robe vaporeuse à manches longues couvrant les mollets, elle déambule dans la rue principale face à elle.

Elle a veillé à être conforme à la rigueur vestimentairc des femmes de ce pays.

De plus en plus chancelante, elle programme sur son GPS :
Rue Mac Mahon

Elle traverse une place avec la Mairie, la Poste. Elle s'étonne de cette configuration identique aux villages français. Sans doute des reliquats de l'époque coloniale.

Seule, manque à l'appel, la traditionnelle église, remplacée par une mosquée. Le même sort a dû être réservé aux synagogues, avec le départ des Juifs pieds-noirs.

Un cinéma affiche « Une étoile est née ». Probablement une comédie musicale américaine. Etrange programmation pour un pays musulman.
Un magasin de chaussures Bata.

Un café, tous stores baissés.

Son téléphone sonne. C'est Maxime. Elle sursaute, absorbée par l'ambiance surnaturelle de cette ville désertée.

Elle décroche, trop heureuse de répondre à quelqu'un qu'elle connaît. Elle a oublié qu'il est devenu l'ennemi numéro un.

- Oui ?

- Ah ! Tu réponds enfin ! Je me faisais du souci !

- Pardon… Je n'avais pas vu… J'étais absorbée entre les paperasses et l'installation à l'hôtel.

Caroline se confond en excuses… Un peu trop, à son goût. Elle se justifie comme si elle était coupable d'un délit. Avisé comme il est, il va détecter ses mensonges.

- C'est bien, Barcelone ? Il fait beau ?

A ce moment-là, un fait imprévu bouleverse sa mise en scène pourtant mûrement peaufinée.

- Euh… Oui… Il f….

Elle n'a pas le temps de terminer sa phrase.

La voix de stentor du muezzin, amplifiée par l'intensité des haut-parleurs, résonne dans toute la ville et surtout aux oreilles de Maxime. L'appel à la prière, puissant comme un vendredi, rappelle à tous, qu'ils doivent s'acquitter de leur devoir religieux à la mosquée.

- Je ne t'entends plus… C'est quoi ce boucan ?

Maxime hurle dans son téléphone. Ne sachant quoi dire, Caroline fait mine de ne plus entendre, comme si elle traversait un tunnel, et raccroche brutalement.

Le texto de Maxime ne se fait pas attendre.

C'était le muezzin ?
Tu n'es pas à Barcelone !

Caroline est démasquée. Elle composera à son retour. Le temps presse. Avant la tombée de la nuit, elle doit repérer la maison de sa grand-mère.

Elle consulte les notes prises pendant l'entretien avec sa tante.

Elle lève la tête à la recherche du numéro.

- 115…

C'est donc sur la droite…

La rue Mac Mahon se révèle un véritable boulevard. Elle se concentre sur les numéros impairs.

Elle parcourt de ses yeux attentifs, les vieilles plaques d'émail et enseignes de bois peint. Autant de vestiges de l'époque où les Juifs vivaient là.

Tissage – Céramique – Bijoux…

Les magasins abandonnés sont restés en l'état comme figés dans le passé. La lave avait pétrifié les habitants et les objets à Pompéi. L'indépendance a eu un effet équivalent en Algérie.

Elle s'attendait à trouver des immeubles haussmanniens.

Elle découvre des maisons de maîtres, alignées le long des trottoirs.

Arrêt sur images.

Elle imagine ses tantes et sa mère, la vingtaine presqu'audacieuse, traversant cette Rambla, bras dessus bras dessous, en jupes crayon ultra féminines à la Audrey Hepburn.

L'impression de remplir les siècles et que ces jeunes femmes déambulent là derrière elle.

Caroline a conscience de laisser une empreinte du passé pour toujours.

Elle se sent investie d'une mission qui n'est plus que personnelle. Elle pénètre dans l'imaginaire collectif en tirant tous les fils et en menant l'enquête comme elle le fait.

L'époque de l'effervescence des années 50 a laissé la place à l'austérité et à la religion.

Au numéro 115, Caroline s'écroule littéralement. La pression retombe. Le stress de ces derniers jours part en fumée. Le découragement l'envahit de tout son être.

Un amas de détritus indique que la propriété a été détruite. C'est une ruine qui s'offre à ses yeux embués par la déception.

Tous ses espoirs s'envolent en un éclair.

Elle pénètre dans ce qu'il reste de l'héritage de ses ancêtres. Elle ramasse un morceau de zellige…

C'est donc bien ici qu'a vécu sa chère grand-mère. Que reste-t-il de ce passé ? Quel acharnement justifie de tels dégâts ?

Elle qui pensait interroger les nouveaux habitants de cette maison se trouve face à un véritable champ de bataille.

Elle réalise aujourd'hui sa naïveté. Elle aurait dû s'y attendre.

Elle se recueille devant ces souvenirs profanés que le temps a effacés peu à peu. De cette époque dorée, seuls subsistent des décombres qu'elle franchit avec prudence.

Du bassin, coule un filet d'eau fatigué de faire briller les éclats de zelliges turquoise.

Quelques carreaux noirs et blancs se confondent avec des tuiles brisées. Caroline devine qu'elle marche à l'emplacement de la cour.

En face, la mosquée, elle, est restée à sa place, d'une blancheur majestueuse.

Elle a l'impression de se recueillir devant un mausolée.

Ni maison, ni habitants… Elle serre très fort le sac précieux contenant les indices de l'énigme.

Ce n'est pas ici qu'elle démêlera le mystère dans lequel elle s'est embourbée depuis plusieurs semaines.

Comment vivre avec ces interrogations sans savoir ?

Elle avait tout misé sur ce périple. Elle croyait retrouver le petit coin de paradis où avait vécu la jeune Sarah. Et c'est un spectacle de désolation qui s'offre à elle.

Elle récolte quelques traces de grandeur du passé, morceaux de carrelages ébréchés, tuiles brisées, pierres polies par l'érosion… Elle les entasse dans un filet de courses qu'elle enfouit toujours dans son sac à main au cas où.

Elle foule la terre boueuse qui a abrité jadis une riche propriété où il faisait bon vivre. Peut-être trouvera-t-elle un objet, un vêtement, un bijou ayant appartenu à ses ancêtres ?

Après une bonne demi-heure d'examen méticuleux, elle se rend à l'évidence. Elle n'obtiendra rien de plus que des débris.

Concentrée, elle n'avait pas remarqué que la vie avait repris dans la rue Mac Mahon.

Les habitants se promènent en plein milieu de l'artère, faisant fi de la circulation. Les cafés se remplissent d'hommes, encore et toujours des hommes.

Quelques femmes voilées, tête baissée, se hâtent de faire leurs achats en tapinois.

Elle frotte ses semelles contre le bord du trottoir pour les débarrasser de la terre.

En relevant la tête, elle est attirée par une maison de style art déco, juste en face du numéro 115.

Elle n'avait eu d'yeux que pour le côté droit de la rue et les numéros impairs.

Cette demeure jure avec le cadre ambiant, par ses couleurs riches et contrastées, sublimées par la touche précieuse du laiton doré !

Les balcons et les grilles en fer forgé invitent à des moments de quiétude à l'abri de la chaleur.

Elle s'approche, aimantée par la beauté de cette villa de caractère, posée là comme un décor.

Une plaque gravée indique en Français puis en Arabe.

Ernst Bucholtz
Médecine Générale

Caroline oscille entre hasard ou hallucination. Ce nom d'origine allemande la remet sur la trajectoire des documents impénétrables repérés chez Maxime.
Le visage blafard, elle n'hésite pas une seconde. Elle doit savoir ce qu'il en est. Elle sonne au portail protecteur de la maison.

Un molosse redoutable aboie du fond de sa niche.

De l'interphone, une voix d'homme l'interpelle fermement.

- Oui ? C'est qui ?

- Euh…

Caroline ne s'attendait pas à une situation pareille. Elle enchaîne pourtant :

- C'est pour un renseignement.

- Le cabinet est fermé. Repassez demain !

Déconcertée, Caroline lance sans savoir pourquoi.

- C'est à propos de Sarah…

- Sarah ?

- Oui. Ma grand-mère. Elle a vécu en face de chez vous… Je peux vous parler ? S'il vous plaît !

Un silence s'installe. Il a dû retourner à ses activités la laissant déconcertée.

Tout à coup un homme, en bermuda blanc et chemise aux manches retroussées, traverse le chemin caillouteux pour la rejoindre.
Ce grand blond élancé la fixe, ébahi, de ses yeux bleus vifs.

Dans son délire, elle frémit de la ressemblance avec… Maxime.

Pour se rassurer, elle ironise dans son for intérieur.

- Ok ! Si tous les blonds aux yeux bleus me font penser à Maxime, c'est grave ! Quel rapport il peut y avoir entre ces deux personnes ? C'est n'importe quoi.

Elle respire profondément. Elle veut reprendre ses esprits de toute urgence.

Elle sort le mouchoir brodé des initiales de sa grand-mère.

- Ça vous dit quelque chose ?

Elle l'observe attentivement pour percevoir ses sentiments, son désarroi éventuel.

Il se saisit du mouchoir qu'il caresse avec extrême délicatesse comme une pièce rare.

- Je savais qu'un jour quelqu'un viendrait me poser des questions.

L'homme l'invite à le suivre. Ils traversent côte à côte, sans mot dire, l'allée qui mène à l'entrée de la maison.

Le salon est à l'image de l'architecture de la villa. Du velours à foison sur les tentures, les coussins, les canapés et les fauteuils… Du laiton sur les bougeoirs, les miroirs, les luminaires… Elle s'installe timidement sur le bord d'un canapé au glamour hollywoodien.

Embarrassée par l'état de ses sandales, elle s'excuse en se justifiant d'avoir voulu explorer le village.
Amusé par son savoir-vivre, il détend l'atmosphère.

- Je vous offre quelque chose à boire ?

- Euh… Non… Oui… Si vous voulez… Un verre d'eau…

Crispée, elle ne parvient pas à avaler la moindre gorgée. Que va-t-elle apprendre ?

- Dommage que mon père soit mort il y a dix ans. Il vous aurait expliqué mieux que moi l'histoire incroyable qu'il a vécue.

Caroline sort de sa pochette de velours, le médaillon avec la photo de sa grand-mère. Il ne peut dissimuler son émoi.

- Oui c'est bien elle.

Ces deux-là vivent un grand moment en faisant ressurgir le passé de leurs aïeuls.

Caroline lui trouve du charme. Il a une manière ultra sexy de passer sa langue sur les lèvres.

Debout, errant dans la pièce comme s'il déclamait une pièce de théâtre, son hôte lui déverse une litanie qu'il semble avoir apprise par cœur, de peur de l'oublier.

Il n'est pas question de l'interrompre.

Son père avait pris soin de lui raconter cet épisode mémorable de son existence.

Caroline écoute religieusement ses confidences ne voulant rater aucun mot.

Si elle avait pu, elle aurait enregistré la scène. Mais de peur que son téléphone ne capitule, elle économise la batterie.

Il semble se libérer d'un poids qui lui pèse depuis longtemps, probablement depuis le décès de son père.

- On est médecin de père en fils. C'était en 1920. Mon père était enfant. Il devait avoir une dizaine d'années mais il n'a jamais rien oublié de cette histoire.

Caroline, bouche bée, boit ses paroles sans l'interrompre.

Le grand-père d'Ernst, jeune médecin fraîchement diplômé, avait épousé une étudiante algérienne qu'il avait rencontrée sur les bancs de l'Université en Allemagne. Ils se sont installés dans son village natal, Marnia.

- Ma grand-mère, Salima, n'a jamais exercé son métier de pédiatre. Elle s'est occupée de ses trois enfants dont mon père.

En face de chez eux, vivait une famille juive, les Benhamou.

Ernst marque un temps d'arrêt.
Il se dirige vers le splendide bureau où il doit travailler, vu le nombre de dossiers empilés qui recouvrent le bois marqueté.
Il s'empare d'une boîte métallique aux dessins enfantins, rouillée par le temps, qu'il ouvre avec le plus grand tact.

Il en sort une photo de famille qu'il présente fièrement à son invitée.

Au milieu de l'assemblée endimanchée, en noir et blanc, elle reconnaît Sarah, sa grand-mère.

Elle paraît plus jeune que sur le médaillon.

Le visage toujours aussi affligé, elle semble ailleurs. A quoi peut bien penser une fille de treize ou quatorze ans à cette époque ?

Une robe de dentelle blanche, un chapeau de paille orné d'une fleur et d'un voile, lui donnent le look iconique Gatsby.

- Voilà ! C'était eux… Cette photo a été prise par mon grand-père en 1918. C'était pour la naissance de leur dernier enfant, une petite fille. Elle s'appelait Julie.

Il retourne la photo pour exposer les informations écrites méticuleusement à l'encre noire :
1918
Naissance de Julie
Caroline se souvient des explications de sa tante Andrée.

Elle avait évoqué Julie, la petite sœur de Sarah, celle qui avait occupé avec l'oncle Jacques, la belle propriété familiale.

- Mon grand-père était fan de photographie. Il avait un appareil photo à soufflet, Kodak, que j'ai gardé. Regardez… Il est là…

Il désigne l'appareil posé sur la cheminée comme un bibelot de valeur.

- Les deux familles s'entendaient très bien. Elles avaient le même niveau social. Mon grand-père racontait à son fils qu'on entendait Sarah, jouer du piano à la fenêtre ouverte.

Il préférait Chopin aux musiques orientales et entêtantes des cafés alentours.

Une année, pendant de longs mois, ils n'ont plus entendu le son du piano.

Son grand-père, en sa qualité de médecin, s'est même inquiété de l'état de santé de Sarah auprès de sa mère.

Il ne voyait même plus la jolie Sarah faire tournoyer ses adorables robes blanches dans le jardin toujours fleuri de leur résidence.

- Un matin de 1920, très tôt, Sarah, le visage honteux comme si elle venait de commettre un crime, est venue sonner à notre porte. Elle était avec sa mère.

Cette dernière tenait un paquet, recouvert d'un châle de laine au crochet. A l'intérieur, était caché un nourrisson soigneusement emmitouflé. Il devait avoir une ou deux semaines. Sarah venait de mettre au monde, clandestinement, ce bébé.

- Ça faisait sept ou huit mois qu'elle demeurait cloitrée chez elle pour cacher son ventre qui grossissait. La pauvre…

A cette époque, il n'était pas question d'avoir un enfant sans être mariée.

Sarah avait pris le bébé pour le serrer fort dans ses bras et le couvrir de baisers. Puis elle s'est résignée à le remettre à ses voisins en lui chuchotant des mots tendres entrecoupés de sanglots.

- Mon chéri. Mon bébé. Mon petit Samuel…

La mère de Sarah a demandé au médecin allemand de s'occuper du bébé puisqu'elle ne pouvait pas le garder.
Une telle affaire aurait déshonoré Sarah mais aussi toute la famille.

Et puis la jeune fille n'aurait pas pu épouser un Juif selon la tradition, si elle était fille mère.

Elle lui a remis la boîte en métal, neuve à l'époque, avec le mouchoir brodé aux initiales SB et le médaillon contenant les portraits des parents du bébé.

- Ensuite, Sarah rôdait tous les jours autour de notre maison. Mon grand-père a fini par lui avouer quelque chose. S'ils avaient accepté ce deal, c'était pour donner le bébé à sa sœur en Allemagne. Elle était stérile ce qui était le drame de sa vie.

- Comment c'est possible ? Elle a donné son bébé ? ressasse Caroline.

- Eh oui !!... Quelques jours plus tard, ma grand-tante, la sœur de mon grand-père, est venue récupérer l'enfant pour le ramener chez elle en Allemagne.

Le grand-père d'Ernst a bien pris soin d'expliquer à sa sœur, l'histoire du bébé. Il lui a aussi remis le mouchoir et le médaillon. Il était important que Samuel connaisse un jour ses origines.

Caroline lui montre à nouveau son médaillon, en désignant cette fois du doigt le jeune-homme à gauche du portrait de Sarah.

- Et lui ? Ça vous dit quelque chose ?

- J'allais y venir… C'est une tragédie…

Caroline est transportée moralement et physiquement dans ce lourd passé qui a meurtri à tout jamais, l'innocente Sarah.

Quelque temps après la remise du bébé, Sarah a troqué ses magnifiques robes de princesse contre des vêtements noirs.

- Mes grands-parents ont pensé qu'elle portait le deuil de son bébé.

Ils ont appris par la suite, que son amoureux, le père du petit Samuel, s'était suicidé. De désespoir, ne pouvant l'épouser, il s'était pendu dans sa chambre, avec le foulard de Sarah.

- Mais pourquoi il ne pouvait pas l'épouser ? Il n'était pas juif ? C'est ça ?

- Si ! Si ! Il était juif. Mais c'était son cousin germain. Et les parents se détestaient.

Les deux familles se vouaient une haine ancestrale à l'image des Capulet et des Montaigu.
Sarah et Simon étaient des sortes de Roméo et Juliette, éperdument épris mais d'un amour impossible.

De cette liaison passionnelle mais brève, est né le petit Samuel.

- Mon grand-père a raconté cette histoire à mon père qui m'en parlait souvent. Ça l'a vraiment traumatisé.

Avec la Seconde Guerre Mondiale, ils n'ont plus jamais eu de nouvelles du petit Samuel. A l'époque, les portables et les téléphones n'existaient pas. Le seul moyen de communication était la lettre, envoyée par la poste. Entreprise ardue en temps de guerre.

Ernst lui présente un paquet d'une vingtaine de lettres évoquant les progrès du petit Samuel.

- Ma grand-tante envoyait une longue lettre, une fois par an, à peu près. Elle a arrêté d'en écrire en 1939.

Le grand-père d'Ernst s'est préoccupé toute sa vie, du sort du petit garçon. Il regrettait parfois son geste. Un enfant de plus aurait égayé la maison. Et la détresse de Sarah faisait peine à voir. Elle n'a plus jamais ri.

- Comme il est né en 1920, Samuel avait 24 ans en 44, calcule Ernst.

- Comment un petit garçon juif pouvait survivre dans une Allemagne qui pourchassait les Juifs ?

- Oui, un peu avant sa mort, mon père m'a dit qu'il se faisait du souci pour lui. En tous cas, il était déçu de ne plus jamais avoir eu de ses nouvelles.

- Il espérait quoi ?

- Qu'un jour, il viendrait, en personne, avec le mouchoir et le médaillon, retracer le parcours de sa naissance.

- C'est énorme que votre père vous ait tout raconté !

- Oui ! Comme ça, c'est moi qui ait ce privilège aujourd'hui ! Mon pauvre père doit se remuer dans sa tombe. Et mon grand-père aussi !

Ernst lui écrit sur un Post-it, le nom et l'adresse de sa grand-tante, celle qui a récupéré le petit Samuel, en Allemagne.

- La famille a peut-être déménagé depuis le temps… Mais sait-on jamais ? Maintenant que vous avez commencé, rien ne vous arrêtera !

Le père d'Ernst a souvent émis le souhait de se rendre à Munich. Plus le temps passait, moins il osait débarquer dans la vie de ces gens. Ils s'étaient peut-être empressés de cacher les origines de Samuel. Celui-ci devait être persuadé qu'ils étaient ses parents biologiques. Une version plus confortable.

Ensuite, Sarah s'est mariée avec un cousin éloigné.

Puis, en 62, les Algériens ont détruit tout ce qui appartenait aux Français et surtout aux Juifs.

- Le jour où ils ont démoli à jets de pierre, la propriété des Benhamou, mon père a pleuré pendant des jours.

- Ah ça oui ! Ils ont rien laissé !

- Nous, on a choisi de rester en Algérie. En tant qu'Allemand, avec une mère algérienne, mon père ne risquait rien. En plus, à cause de leurs massacres, les Algériens avaient trop besoin d'un médecin.

Caroline se lève, prête à saluer Ernst. Tremblante, elle parcourt le papier fluo.

Elle manque de s'étrangler en lisant à haute voix le nom de famille :

- Helmrich !

Sa grand-tante avait épousé un homme du nom de Helmrich ! Celui du certificat de naissance et de la médaille militaire trouvés chez Maxime.

Cela ne pouvait pas être un hasard, ce nom étant peu répandu.

Elle ne dit mot à Ernst, de Maxime et de ses mystérieux documents qu'elle a pourtant emportés avec elle. Ce serait trop long à expliquer.

Elle doit maintenant connaître le destin de Samuel et le lien avec Maxime.

Ernst lui indique que, devant la mairie, patientent en permanence des taxis. Avant de se séparer, ils échangent leurs numéros de portables, bien décidés à garder le contact.

Caroline regarde sa montre, inquiète. Il est déjà 17 heures. Ils ont discuté durant trois bonnes heures. Elle n'a pas vu le temps passer !

La fin d'un lourd silence !

Elle sait à présent qu'elle ne s'était pas fait un film.

Le Secret de Sarah n'était pas un pur fantasme dû à son imagination d'écrivain.

Etrangement, elle est la seule à avoir mis son grain de sel dans l'histoire de ses ancêtres d'Algérie.

Sa grand-mère l'avait toujours intriguée. Prostrée dans le silence, elle avait élevé sept enfants sans exaltation. Elle n'était pas une mauvaise mère ni une mauvaise grand-mère. Bien au contraire ! Mais elle subissait sa vie et les jours qui défilaient. Elle ne mettait jamais le nez dehors.

Elle suscitait la gentille ironie de ses petits-enfants, dont Caroline, en posant la table du déjeuner dès 9 heures du matin et celle du soir à 16 heures. L'ennui l'habitait. La lassitude aussi.

Si Caroline doit citer une Madeleine de Proust, c'est bien les beignets de sa grand-mère. Des beignets enrobés de sucre en poudre ou de miel. Toute la famille se réunissait pour venir déguster ces sucreries comme un rituel.

- Comme je la plains ! Quel drame elle a traversé ! égraine Caroline en rentrant à Tlemcen.

Cette fois, la route se fait sur une Nationale limpide.

Elle a dû se résoudre à prendre un taxi collectif. Elle fait la connaissance de commerçants français qui se rendent de Fez à Tlemcen en passant par Marnia. Leur petite escale a été fructueuse.

Caroline revient sur son opinion. Le petit village de Marnia est devenu un grand centre commercial. D'ici, on exporte des milliers de quintaux de sucre au Maroc.

Maintenant, elle comprend pourquoi Sarah n'évoquait jamais sa jeunesse malgré la demande pressante de ses petits-enfants.

- Fichez-moi la paix ! leur répondait-elle.

Elle a gardé toute sa vie cette coiffure stricte, identique chaque matin.

Elle brossait ses longs cheveux, clairsemés et grisés par le temps. Elle les entortillait de ses mains lestes en un petit chignon tenu par des épingles noires.

*

La nuit de Caroline est perturbée par un mélange d'enthousiasme contagieux et d'angoisse confuse.

Elle dresse un premier bilan de sa visite à Marnia.

Ces épisodes tragiques de l'adolescence de Sarah la mettent en rage contre cette mère abusive qui a sacrifié le bonheur de son enfant au nom d'une morale égoïste et désuète.

La vie de Sarah s'est arrêtée à ce bébé qu'elle a donné sans se rebeller. Elle n'a plus jamais éprouvé d'amour, après le suicide de Simon. Son existence était tout simplement devenue invivable.

*

Après une dédicace très agréable avec de belles rencontres, Caroline prend son vol de retour, pleine de résolutions ambitieuses.

L'enquête avance mais elle est loin d'être résolue.

Elle doit à présent compléter l'indescriptible puzzle qui la mine depuis tant de temps.

Mission délicate : interroger Maxime avec la plus grande prudence. Il n'a plus essayé de la joindre après le coup du muezzin.

*

Durant son vol de retour, Caroline flaire la crise de nerfs et l'exaspération du bel Inconnu du Café des Négociants :

- Il a dû échafauder son plan en mon absence. Il va me pousser dans mes retranchements. Il pourra mettre ses plans à exécution.

Elle s'extirpe de sa place étriquée, avide de se dégourdir les jambes.

Elle se réfugie dans un coin de l'espace boissons, à l'abri des regards.
Elle contemple, l'air absent, le ballet incessant des stewards pour satisfaire les désidératas des passagers exigeants.

Faisant abstraction du brouhaha et de l'agitation générale dans un charabia incompréhensible, elle se lance dans une réflexion métaphysique.

Ce vol est chargé de symboles.

Comme une ligne chronologique, il jalonne sa destinée.

Il y a eu un « Avant ».
Le voyage vers la terre de ses ancêtres scelle le lien entre ses racines et le sens même de son existence.

Il y a « le Présent ».
Cette journée est à marquer d'une pierre blanche, comme une transition, un passage obligé pour poursuivre le chemin.

Il y aura un « Après ».
Comment tracer son avenir à partir de ce Jour J, de ce numéro zéro ? Ce vol de retour marque pour elle, un redémarrage, une nouvelle raison de vivre, plus puissante et plus authentique.

Devant Caroline, se profile désormais un futur incertain dans lequel elle doit se projeter.
Elle ne peut échapper à son destin.

Cette passerelle entre son passé et son destin sonne aujourd'hui comme une évidence.

Comment aurait-elle pu passer à côté de ces découvertes essentielles ?
Elle se sent chanceuse de vivre des moments aussi trépidants.

Ces trois jours ont réussi à bousculer toutes ses certitudes et tous les épisodes marquants de sa vie. Ses ambitions purement matérielles, tout d'abord. Puis, ses études, son mariage, la naissance de sa fille, son divorce, sa carrière d'écrivain.

Elle se cogne aux limites de ses convictions en retrouvant l'essence même du bonheur, la connaissance de soi.

Cette étape s'avérait essentielle pour poursuivre sa route. Les limites sont franchies entre son passé et son présent.

Elle se sent à présent investie du devoir de vengeance de Sarah, sa chère grand-mère au destin si tragique.

Pour cela, il faudra affronter Maxime qu'elle adule tout autant qu'elle craint.

Elle se sent prête, forte de cette énergie ancestrale qui lui coule à présent dans les veines.

16.

Caroline se réveille avec le Press Book de Tlemcen, reçu par mail, suite à sa dédicace.

Elle parcourt, notamment, l'article très élogieux paru dans « Le Soir d'Algérie ». Magali, l'Attachée de Presse des Editions Grasset, est aux taquets pour les récolter. Elle suit l'Argus de la Presse jour par jour.

L'écrivaine se réjouit de cette organisation menée par coup de chance. Si elle n'avait pas été dans l'obligation de justifier son déplacement, cette idée judicieuse ne l'aurait pas effleurée. Elle a fait d'une pierre, deux coups.

La baraka ne la quitte pas en ce moment. Elle en a bien besoin après tous ces bouleversements et ce qu'elle va affronter maintenant.

Avant sa rencontre avec Maxime, elle frôlait l'ennui.

Elle se sentait bien dans son univers sécurisant et réglé comme du papier à musique.

Mais, il faut bien le reconnaître, il ne s'y passait pas grand-chose, hormis sa belle carrière d'auteur à succès.

Maxime a tout chamboulé dans sa vie.

Caroline s'ouvre désormais à l'inattendu. Et elle résiste à tout sauf à la curiosité. Déformation professionnelle en quelque sorte.

Elle s'est donc improvisée « enquêtrice expérimentée ».

Depuis son retour d'Algérie, elle fait tout par superstition. Elle veut conjurer le sort pour ne pas provoquer sa bonne fortune. Elle ne passe pas sous les échelles. Elle se montre prudente avec les miroirs de peur de les briser. Elle ne laisse jamais tomber son portefeuille, ça attirerait les malheurs financiers.

Elle fignole une stratégie inédite comme si elle partait à la guerre.

Elle doit changer de tactique avec Maxime. Il n'est plus question de répondre à ses demandes mais plutôt de provoquer des situations nouvelles.

Comme dans un tournoi du Grand Chelem, c'est elle qui sert et l'enjeu est de taille.

Depuis la révélation stupéfiante d'Ernst, elle est persuadée que Maxime lui veut du mal.

La peur au ventre comme un animal traqué, elle se demande comment sortir saine et sauve de ce traquenard.

Elle décide de l'affronter. Elle n'a pas d'autre choix.

Il est temps de passer de la parole aux actes.

Elle est de retour depuis une semaine et ne s'est toujours pas décidée à le joindre.

*

Si son but était de la séduire, c'est un succès.

Caroline a eu le souffle coupé devant son apparition extraordinaire au Grand Café des Négociants. Elle est tombée follement amoureuse de lui. Elle croyait sincèrement avoir dégoté l'homme idéal, celui pour qui elle renoncerait à son indépendance farouche.

Elle a suivi à la lettre tous ses désirs jusqu'à ce qu'elle mette le nez sur ses nébuleux secrets qui l'ont ramenée à ses racines.

Sous des aspects de Prince Charmant, il prend à présent les traits d'un manipulateur pervers qui s'est fixé un objectif, anéantir Caroline et peut-être sa famille.

Elle doit le démasquer à toute allure avant qu'il n'agisse dans son dos et qu'il mette à exécution ses projets infâmes.

Impossible n'est pas Caroline.

Elle se souvient du panneau « A Louer en Airbnb » sur un appartement de l'immeuble, face à celui de Maxime.

Elle pianote sur le site internet et effectue une réservation, du lundi au samedi suivant.

La détective compte espionner, telle la vigie, l'objet de ses inquiétudes : Maxime.

La location surplombe son magnifique appartement. Quelle aubaine !

Elle pourra s'adonner à son autre passion, la photographie, mais cette fois comme un grand reporter.

Elle compte bien le mitrailler en douce sur sa terrasse, dans son salon et dans sa chambre. Elle pourra surveiller ses faits et gestes.

En dehors de sa mère, il ne lui a présenté personne. Pour avoir confiance en quelqu'un, la première condition est de connaître ses amis.

Ensuite, elle pourra étudier toutes ses prises de vues, à tête reposée, à la loupe comme à son habitude.

Ces preuves irréfutables seront indispensables pour sa plainte à la police.

Elle prépare ses bagages comme si elle partait en expédition polaire. Vêtements confortables d'ermite, baskets et grosses chaussettes en guise de pantoufles. Elle n'oublie pas d'y ajouter un ensemble élégant… On ne sait jamais ce qui peut arriver.

Cette courte incursion en territoire ennemi s'avère ardue. Sa planque s'annonce longue.

Son impatience sera mise à lourde épreuve.

*

Voilages tirés, fauteuil relax, appareil photo à zoom ultra-puissant sur trépied… Caroline met en scène son opération, de main de maître.

Les séries policières américaines l'inspirent pour un aménagement parfait.

Ce studio n'a aucune similitude avec le grand loft de Maxime. Il ressemble davantage à un pied à terre, ce qui lui convient parfaitement.

Alors qu'elle s'apprête à savourer un petit-déjeuner frugal, elle aperçoit une certaine agitation sur l'immense terrasse de Maxime.

Elle reconnaît la silhouette de sa mère. Plus étrange, deux hommes, de stature massive, l'accompagnent. Ils ont tout l'air de gardes du corps.

Elle marmonne, intriguée :

- C'est quoi cette histoire ?

Dès huit heures du matin, cette visite inappropriée aiguise sa curiosité. On ne reçoit pas des étrangers à une heure aussi matinale ! Sa mère peut-être… Mais ces types en trench de flic ou de voyou ne lui disent rien qui vaille. Un café à la main, debout, ils paraissent nerveux.

A observer ses gesticulations, Maxime semble contrarié, à bout de nerfs. Lui qui habituellement, adopte une impassibilité en toutes circonstances, lui apparaît métamorphosé.

Caroline s'empresse de shooter la scène avec un téléobjectif puissant qui correspond à un angle de vision inférieur à l'œil humain. L'option parfaite pour capturer des détails lointains ou des portraits.

L'inspecteur Caroline mène l'enquête.

Elle se sent à l'abri et peut surveiller Maxime en toute tranquillité.

Les deux individus s'esquivent au bout d'une heure de discussions et de déambulations dans l'appartement à désigner les meubles, la cuisine, les tableaux...

Elle les voit sortir du parking dans une énorme voiture, un Hummer noir à vitres teintées, aussi impressionnant que la papamobile.

Maxime a peut-être décidé de restituer cet appartement qui ne lui appartient pas et qu'il a emprunté, le temps d'attirer Caroline dans ses griffes.

C'est donc bien vrai ! Maxime est un menteur invétéré qui a séduit Caroline dans un calcul diabolique.

Elle doit en savoir plus. Il est manifeste qu'il lui cache quelque chose.

Elle doit réunir toutes les pièces du puzzle, l'Allemagne, sa grand-mère et le bébé.... Autant d'éléments qui n'ont rien à voir les uns avec les autres.

Peut-être qu'une seule nouvelle pièce permettra d'achever le puzzle ?

Que va-t-elle découvrir ? Probablement un jeu subtil dont Maxime tire les ficelles en tant que chef incontesté de la manigance.

*

Aujourd'hui, il s'est absenté toute la journée. Elle se demande quand il a pu partir. Elle l'a juste vu revenir, les bras chargés de courses rapides comme il en a l'habitude. Elle s'en veut d'avoir raté son départ. Epuisée par sa longue nuit de traque, elle a dû s'assoupir.

Elle ne répond pas à ses appels et se contente de lui envoyer des textos succincts.

Samedi et donc la fin de sa location se profilent. Hormis les deux individus patibulaires, rien de suspect n'a été perceptible.

Elle a pu zoomer Maxime, consultant des documents sur la table du salon ou répondre à des textos. Il lui faudra un décodage de photographe professionnel pour distinguer ce qu'il lisait ou écrivait.

Il la presse d'accepter un nouveau rendez-vous. Il continue à jouer les amoureux éplorés, terriblement malheureux de la nouvelle indifférence de Caroline.

Après mûre réflexion, elle tranche.

Pour le mettre devant le fait accompli, elle doit accepter de le voir. Mais ce rendez-vous se fera selon ses conditions à elle.

Il s'agit d'afficher le plus grand discernement. Reste à espérer que cette dernière entrevue lui permettra de remettre de l'ordre dans cette pelote indémêlable.

Elle lui propose le bar du Radisson Blu Hotel à deux pas d'un Commissariat de Police. C'est Léo, son copain capitaine, qui lui a donné cette excellente idée.

Dès son retour de vacances, elle lui a présenté la nébuleuse affaire. Il lui a conseillé de demander ouvertement des explications à Maxime.

Afin d'éviter le pire, hors de question de se sentir enfermée chez lui ou chez elle pour déballer ses incroyables indices.

Sur le simple SMS « Help », Léo déboulera et mettra les menottes aux poignets de Maxime.

Le pauvre accepte immédiatement sa proposition, trop heureux de revoir sa dulcinée. Il lui fait de la peine.

Elle ne peut s'empêcher de s'apitoyer devant ses mots aimables. Il est prêt à tout accepter de celle qu'il aime. Jamais contrarié ni contrariant.

Elle se reprend à l'ordre et s'oblige à garder la tête froide. Pas question de s'apitoyer sur cet horrible simulateur, fourbe et manipulateur !

17.

Jour J - Heure H

Caroline se présente au Celest Bar, derrière ses lunettes noires, cheveux lâchés, à l'aise dans son total look cuir. Malicieuse, elle avait bien étudié son apparence. En se regardant dans la glace de l'entrée du studio, elle s'était exclamée.

- Effet waouh garanti !

Elle arrive volontairement plus tôt pour se mettre en condition. Elle adopte la même attitude pour ses dédicaces, s'imprégnant de l'ambiance, longtemps à l'avance, avant de rentrer dans la cage aux lions.

Maxime fait une entrée remarquée à 18 heures pétantes.

Elle lui lance une réflexion admirative :

- D'une ponctualité militaire !

L'air hagard, il semble se demander à quelle sauce il va être mangé. Il a changé radicalement de look.

Caroline scrute ses pensées qu'elle analyse comme forcément négatives.

- C'est le monde à l'envers ! C'est à moi d'être sur mes gardes. Pas à lui !

Il n'a rien perdu de son charme ravageur. Le beau gosse a laissé pousser sa barbe de trois jours. Ce détail lui donne un côté bad boy qui adoucit sa raideur prussienne.

Froid mais stylé, tout en noir et blanc, costume impeccablement fluide, chemise col ouvert. Le regard est transparent, le sourcil grave, la bouche généreuse, brillante d'émotion comme s'il avait mis du gloss. Quel charisme !

Caroline est subjuguée. Elle se dit :

- C'est mon mec !

Elle médite et tente, in extremis, de changer de point de vue.

Elle ferait mieux d'apprécier cette relation, au lieu de se prendre bêtement la tête à fouiner dans ce qui ne la regarde pas.

Il courbe légèrement le dos pour lui faire un long baisemain de bon aloi.

Un geste plus éloquent qu'une simple bise. Il ne fait qu'effleurer de ses lèvres, le dos de la main qu'elle lui tend machinalement. Ce bel hommage provoque instantanément la jalousie des autres femmes, pourtant en bonne compagnie.

Un condensé de classe et d'émotion.

Elle se demande comment avoir le courage de lui envoyer les scuds prévus, sans scrupules et sans craquer devant son charme unique.

Ses cheveux sont plus longs. Sa blondeur méchée lui va si bien ! Son visage candide et séduisant semble tout droit sorti d'un boys band.

Rien à voir avec le profil de tueur qui lui colle désormais à la peau dans la tête de Caroline.

Maxime l'entraîne au bar en la prenant courtoisement par la taille. Elle s'écarte pour rester libre de ses mouvements. Pas question d'être sous son influence !

Deux « Manhattan » choisis d'une seule voix, ça matche entre eux !

Dans le doux tumulte de l'ambiance lounge, debout, face à face, ils se toisent comme dans un film de cape et d'épée. Elle dégaine en premier.

Il s'attend à une scène de rupture. Il se retrouve désarçonné quand elle sort de son sac, le mouchoir de sa grand-mère :

- Regarde ! Regarde ça !... Tu vas regarder ?

Caroline brandit son trésor en le harcelant, menaçante. Elle le tient à quelques centimètres de son visage. Il ne bronche pas.

Elle poursuit virulente :

- Dis-moi ! C'est quoi ? Pourquoi tu as ce mouchoir ? Tu peux m'expliquer ce que c'est ? Tu l'as trouvé où ?

Elle reste abasourdie devant son aplomb. Il répond :

- Ecoute. Je vais t'expliquer… Calme-toi !

Elle a commencé son attaque. Le plus dur est fait. Elle sait qu'elle ne reculera pas.

- Je suis très calme ! C'est pas la question ! Explique-moi ce que c'est !

Maxime se noie dans un silence coupable.
Ils jouent au jeu du chat et de la souris.
Comme des félins, ils chassent leur adversaire, jouent avec l'autre avant la mise à mort.
C'est à celui qui domine et finira par le vaincre. Parfois, l'un laisse croire à l'autre personne qu'elle peut s'en sortir, par simple jeu et pour mieux la mettre au pied du mur par la suite.

Elle attend ses explications. Elle ne le lâche pas des yeux. Elle établit un rapport de force. Ne surtout pas détourner le regard. Cette partie est complexe. Le but est de mettre son adversaire en échec. Il ne pourra plus bouger sans être capturé.

Habile, Maxime reprend la main. Il lui indique deux fauteuils en velours côtelé beige face à une table basse scandinave.

- Je ne sais pas par où commencer… On s'assoit ?

Il a à cœur d'éteindre l'incendie provoqué par Caroline.

Il a de la peine à déglutir et cherche ses mots. Commencer dans le bon ordre et apporter des éclaircissements cohérents semblent d'une difficulté extrême pour lui.

Elle accepte de s'asseoir sans mot dire car la discussion risque d'être longue.

Elle tient très fort contre elle, la cordelette de son précieux sac aux indices.

Elle l'ouvre et en sort le médaillon. Après le mouchoir brodé, elle abat une deuxième carte.

- Là, il ne m'aura pas ! se dit-elle.

Offensive, elle poursuit son attaque. Elle ouvre le bijou et fait apparaître les deux portraits.

- Tu ne veux pas me répondre sur le mouchoir… OK… Alors ce médaillon, c'est quoi ? Tu as plus d'idées ? Ça te revient ?

- Je vais t'expliquer…

Elle patiente, le souffle coupé. Mais toujours aucune réponse de Maxime, médusé.

- Tu ne veux toujours pas m'expliquer ?

Tel un flic de la Police Judiciaire, elle veut le faire avouer par une garde à vue intraitable. Elle sait qu'il est coupable. Il doit passer aux aveux.
De ses mains tremblantes, il s'empare du mouchoir et du médaillon.

Il les contemple comme s'ils lui étaient familiers mais qu'il ne les avait pas revus depuis une éternité.

- C'est une longue histoire… Je vais tout expliquer.

- Je t'écoute ! Il va falloir affiner tes arguments…

- Oui ! Oui ! Il fallait que ça arrive ! J'aurais dû te parler plus tôt ! Comment tu as trouvé ces objets ?

- Je les ai trouvés, c'est tout !

Caroline vide complètement la pochette de velours et installe toutes les pièces face à Maxime.

Les dés sont jetés. Comme au poker, elle a découvert ses cartes. Elle ne livre pas un jeu de hasard.

Elle doit se montrer fin psychologue et maître de la probabilité.

Maxime scrute, calmement, toutes les pièces positionnées sur la table comme une réussite, les unes à côté des autres.

Il les observe de gauche à droite, les touche, les tourne dans tous les sens, embarrassé.

Tout d'abord, les photos des documents en Allemand, imprimées par Caroline :

L'acte de naissance allemand au nom de Hans Helmrich, datant du 18 août 1961. L'écriture manuscrite à l'encre bleue est, par endroits, illisible comme si on avait versé des larmes dessus.

Le feuillet illustrant la médaille du mérite militaire avec la terrible croix gammée. La photo restitue parfaitement l'aspect jauni et authentique du document original.

Cette pièce historique dénote sur la table résolument contemporaine.

Puis les objets précieux :

Le mouchoir brodé de lin et de dentelle aux initiales SB. A force de l'avoir tripoté, Caroline l'a froissé. Il paraît maintenant presqu'usagé. Pourtant il semblait amidonné et jamais utilisé quand elle l'avait sorti de son tiroir.

Le précieux médaillon gravé qui aurait sa place dans une vente aux enchères chez Sotheby's. Elle l'a laissé ouvert pour rentrer dans le vif du sujet et présenter les deux visages dont celui de sa grand-mère Sarah.

*

Face à ce jeu de cartes accusateur, la réaction de Maxime en dit long sur lui. Au lieu de paraître sali, il adopte une expression sereine comme s'il était soulagé.

Pour Caroline, la situation est grave mais pas désespérée. Elle compte bien l'obliger à débroussailler ses tourments.

Pour cela, il s'agit de mettre en ordre les priorités. Elle reprend ses pièces, l'une après l'autre, en commençant par la gauche :

- Tu peux me dire pourquoi il y a ta date de naissance sur cette carte d'identité allemande ?

Il ouvre la bouche pour répondre. Ne lui laissant pas l'occasion de se justifier, elle continue à déblatérer tout ce qu'elle a sur le cœur. En procureur impitoyable, elle plaide à charges.

Elle n'avait pas prévu d'agir ainsi. La pression est trop forte. Elle dévoile tout son jeu devant lui. Elle abat toutes ses cartes.

Le rouge vif qui colonise instantanément ses joues en démontre long sur sa rage et sa détermination.

Harassée par son déballage qu'elle avait sur le cœur depuis si longtemps, elle remet consciencieusement les objets à leur place. Elle s'enfonce dans son fauteuil confortable puis elle attend.

C'est à son tour d'intervenir. Il n'a pas d'autre alternative. Il doit s'exécuter et apporter des justifications cohérentes.

Caroline n'en revient pas de le mettre ainsi devant le fait accompli. Que va-t-elle apprendre ? Ça lui fait froid dans le dos.

- Tout d'abord mon père était Allemand, il est mort il y a une trentaine d'années.

- Ah ! C'est pour ça que tu parles si bien l'Allemand. Comme ta mère d'ailleurs. Pourquoi tu m'as menti ? Je t'ai posé mille fois la question…

- Si je commençais mes explications, je devais tout te dire. C'était trop tôt. J'attendais le bon moment.

- Trop tôt ? Mais trop tôt pourquoi ?

Il met sa main dans la poche. Terrifiée, elle envoie le code « Help » à son ami flic, comme prévu en cas de danger.

Le bar s'est vidé d'un coup. C'est l'heure du dîner. Il ne reste plus que deux hommes d'affaires en costumes indémodables, captivés par leur discussion. Les serveurs ont rejoint la cuisine.

Le terrain est libre. Maxime peut agir en toute quiétude.

L'enquêtrice a perdu son assurance. Que va-t-il sortir de sa poche ? Un flingue comme dans les films policiers ?

Son copain arrivera trop tard. Il commentera la scène de crime dont Maxime se sera évidemment extirpé.

Ce dernier aura bien pris soin de récupérer les pièces à conviction remises par Caroline. Le capitaine n'aura plus qu'à constater sa mort récente en estimant son taux de rigidité.

Maxime est à cent lieues des pensées rocambolesques de Caroline.

Il sort de sa poche… son portefeuille.

Elle reprend ses esprits. Elle respire profondément. Ses joues se rosissent à nouveau.

Elle s'empresse d'envoyer un second texto, bref, à son copain flic.
RAS

Elle ne veut pas perdre des yeux, l'objet de ses tourments, Maxime.

Si la police débarquait là, elle ne saurait jamais la vérité. Elle se raisonne en se persuadant qu'elle ne risque rien dans cet endroit public.

Elle se félicite d'avoir eu cette riche idée plutôt que de le retrouver chez lui. Là, elle se serait vraiment sentie en danger, sous son emprise, livrée à ses démoniaques desseins.

Il sort sa carte d'identité en la commentant.

- Voilà ma carte d'identité actuelle. C'est un faux. Celle que tu as trouvée est la vraie. C'est pour ça que je la garde, mais bien cachée. Personne ne doit savoir.

- Mais pourquoi ?

- C'est ma mère qui m'a fait ces faux papiers quand j'étais enfant.

Caroline répète en boucle la même chose.

- Mais pourquoi ?

- Pour me sauver.

- Tu t'appelles comment… en vrai ?

- Helmrich comme mon père. La carte d'identité que tu as trouvée, c'est la vraie. C'est la mienne.

- Tu es né en Allemagne alors ?

- Oui mais je n'ai que de vagues souvenirs. Mon père s'appelait Helmrich. Il s'est marié avec sa voisine qui était bien plus jeune que lui. C'était une Française qui s'appelait Jacqueline… ma mère… que tu connais.

- Tu es donc à moitié Français.

- Oui… Ma mère est arrivée en Allemagne à l'âge de huit ans. Son père était ingénieur. Il avait été muté à Munich pour son travail.

Maxime fait une parenthèse romanesque sur la rencontre de ses parents.

- Perché sur une poubelle, mon père passait son temps à regarder danser ma mère, dans un hangar. Elle était très belle, blonde aux yeux bleus. Il en était secrètement amoureux sans oser lui parler. Elle était danseuse classique. Elle avait un visage d'ange.

- Et finalement ? Il a osé lui déclarer son amour ?

- Oui ! Ma mère qui était très naïve comme toutes les filles de cette époque, a fini par fondre, des années après, devant son bel uniforme. Même si cela l'impressionnait et lui faisait presque peur. Ils avaient une grosse différence d'âge.

- Et toi tu es né quand ?

- En 1961… Mon père m'a eu quand il avait déjà 41 ans. Il était fier que je sois blond aux yeux bleus comme ma mère.

La respiration de Maxime s'est accélérée.

Il se livre totalement sans pudeur. Caroline ne fait plus aucune remarque, captivée par chacun de ses mots.

Les lumières du bar se sont tamisées. La pénombre sied à ses confidences. Elle sait que ce moment la marquera à vie.

Ces préambules sont certes indispensables mais elle est avide de savoir quel est le rapport avec Sarah, sa grand-mère, et donc avec elle.

Elle le laisse poursuivre. Il essaie d'être le plus concis possible. Il s'applique à trouver les bons mots qu'il articule avec application. Ses phrases sont courtes, synthétiques. Il se livre sans détour.

Ses yeux azur se sont assombris devant le poids de ses révélations.

Glacée par ses déductions, elle lance :

- Donc ces papiers avec le signe SS appartiennent à ton père ?

- Oui… Malheureusement… Mon père était SS pendant la guerre.

- C'est pas vrai ! s'exclame Caroline, stupéfaite par cette information tant redoutée.

- Oui !... Comme ma mère était Française, elle a fui l'Allemagne. Elle est partie avec moi sous le bras… Elle avait un pied à terre puisque ses parents habitaient à Lyon.

- Et ton père ? Il est devenu quoi ?

- Il s'est réfugié en Pologne.

- Elle l'a quitté ?

- Oui… C'était pour me protéger. Elle ne supportait plus de vivre cachée. En arrivant en France, elle m'a fait faire des faux papiers avec un autre nom et bien entendu une autre ville de naissance. Tu comprends maintenant pourquoi j'ai deux cartes d'identité ?

- Mais tu n'as jamais eu de problèmes, avec des faux papiers ? Quand tu as passé ton bac ? Quand tu voyages ?

- Non ! Jamais… Et puis tu sais à la longue, c'est devenu mes vrais papiers. Je n'y pense même plus.

Maxime a donc été élevé loin de son père. Rongé par son parcours au service d'Hitler, Ludwig se laissera mourir, à l'âge de 66 ans.

- Je n'ai jamais revu mon père sauf sur son lit de mort, dit-il en retenant ses larmes.

- C'est super triste…

- Il écrivait de longues lettres à ma mère. Je les lisais et je les relisais religieusement.

- Tu les as gardées ?

- Ma mère les a gardées, oui… Ne pas dire « papa » m'a terriblement manqué dans mon enfance.

- Quand tu l'as revu, il devait être heureux…

- Oui ! Bien sûr ! Il en avait rêvé. C'est là qu'il m'a remis une boîte à chaussures comme une sorte d'héritage. En me la donnant, il m'a fait jurer quelque chose. Je me souviendrai toujours précisément de ses paroles.

Voilà mon fils.

C'est ce que m'a donné ma mère en m'avouant la vérité sur ma naissance.

Elle m'a appris qu'elle m'avait adopté et que ma vraie mère s'appelait Sarah-Elise Benhamou.

J'ai su à ce moment-là que j'étais juif, moi qui ai participé à leur extermination.

Je te demande de retrouver les descendants de ma vraie mère, ma famille, ta famille.

C'est ma dernière volonté.

Caroline bafouille, terriblement choquée. Elle s'attendait à tout sauf à une telle déclaration. Tout se bouscule dans sa tête.

- Sarah est ta grand-mère ? MA grand-mère est TA grand-mère ?

- Eh oui… J'ai mis beaucoup de temps à exaucer son vœu. La boîte était rangée quelque part. Je l'avais oubliée. Et puis il y a quelques semaines, je me suis décidé à faire ma petite enquête.

- Toi aussi ?

- Oui… Un jour, de fil en aiguille, je suis arrivé à toi. J'ai su que tu étais sa petite-fille. J'ai appris que c'était à Nantes qu'on trouvait les états civils des Juifs d'Algérie. J'ai écrit pour avoir le tien et ceux de ta famille. J'ai usé de mon pouvoir de diplomate.

J'ai honte mais c'était pour la bonne cause. Je voulais vérifier mes suppositions.

- Et ?

- J'ai eu vent de ta dédicace sur Lyon. J'ai saisi l'occasion pour te rencontrer.

La violence de l'histoire se transforme en une nouvelle saisissante.

- Mais alors, on est cousins ?

- Exact ! Quand je suis tombé amoureux de toi, ça m'a beaucoup perturbé. Et puis, je me suis dit qu'on ne voulait pas d'enfants donc c'est pas bien grave. La consanguinité n'a aucune importance pour nous deux.

- Je te rassure. On est cousins mais éloignés… Parce que le jeune-homme à gauche du médaillon, ce n'est pas mon grand-père.

Elle pense qu'il est temps de lui parler de son voyage en Algérie. Elle commence par sa rencontre avec Ernst, le docteur.

C'est au tour de Maxime d'écouter pieusement le récit de Caroline.

A l'évocation de la tragique histoire d'amour de Sarah et du jeune Simon, elle discerne une larme perler au bord de ses cils blonds.

Elle se penche tendrement pour l'essuyer.

- Sarah et Simon s'aimaient comme des fous. Mais leur amour était impossible. Sarah a eu un enfant à 15 ans. A l'époque, avoir un bébé sans être mariée, c'était une hérésie. Les deux familles se haïssaient en plus. Il n'était donc pas question qu'ils se marient. Simon n'a pas supporté l'idée de vivre sans Sarah… Du coup, il s'est suicidé.

Comprenant enfin qui est le jeune homme sur le médaillon, Maxime en déduit :

- Le bébé de Sarah… c'est mon père alors ? Et mon grand-père, c'est donc le jeune-homme qui s'est suicidé par amour. C'est la photo du médaillon… Mais c'est dingue !

- Sa mère a forcé Sarah à abandonner son bébé, Samuel. Elle a eu l'idée de le donner au médecin qui habitait en face de chez eux.

- Mon père s'appelait Samuel alors ? Ça change de Ludwig, le prénom qu'il a toujours porté ! Mais pourquoi il a atterri en Allemagne ?

Caroline avale sa salive, heureuse de compléter les confessions de Maxime. Ils recollent les morceaux à coup d'informations qu'ils ont réussies à récupérer chacun de leur côté.

Elle reprend son souffle.

- Le fameux médecin était Allemand comme son petit-fils Ernst que j'ai rencontré. C'est la sœur de ce médecin qui est venue récupérer le bébé. Elle ne pouvait pas avoir d'enfant. Et elle vivait en Allemagne.

Maxime est ému aux larmes. Il vient d'apprendre qui est son grand-père et dans quelles conditions sa grand-mère alors adolescente, Sarah-Elise, a dû abandonner son enfant.

Bouleversé, il se livre au récit de la vie de Ludwig, son père.

- Mon père était aimé, adoré même, par ses parents. Maintenant, je comprends encore mieux pourquoi.

- Ça devait être un vrai bonheur pour un couple qui n'avait pas d'enfant… C'était un cadeau du ciel. Un peu comme l'histoire de Moïse.

- Oui ! C'est certain ! Je suis bien placé pour le savoir. Je n'ai jamais eu d'enfant. Ils étaient bourgeois, son père était avocat. Sa mère était femme au foyer. Elle s'est entièrement consacrée à l'éducation de son fils ! Mon père a eu une enfance heureuse et protégée. Sarah aurait été contente de savoir ça, je pense.

- Je ne sais pas, tu sais… Elle ne s'est jamais remise du suicide de son amoureux et encore moins qu'on lui ait arraché son bébé.

Maxime poursuit, pressé d'arriver à la partie moins glorieuse de la vie de son père. Il veut se débarrasser de ce fardeau qui lui pèse sur la conscience.

- Il est entré aux jeunesses hitlériennes à l'âge de 10 ans.

- C'était obligatoire ? Je croyais qu'on pouvait choisir.

- La plupart des petits Allemands y rentraient. C'était une bonne école, militaire, censée faire des hommes bien.

- Il se fondait dans le paysage quoi ! Un vrai petit Nazi, lance Caroline narquoise.

- Oui mais il ne ressemblait pas aux autres. Il n'avait rien du type aryen. Il avait l'allure élancée du parfait officier SS, mais il avait les cheveux bruns, les yeux foncés. Il m'a raconté que sa mère lui teignait les cheveux en blond pour qu'il se fonde dans le paysage. Elle faisait ça en cachette. Pour les voisins et l'entourage, mon père était blond, naturellement.

- Il était militaire ?

- Oui mais avant il a fait des études. Il était doué à l'école. Il est devenu avocat pour reprendre le cabinet de son père.

- Comment est-ce qu'il est devenu officier SS, alors ?

- Quand les Nazis sont arrivés au pouvoir, c'était en 33. En 39, il a été enrôlé comme jeune Lieutenant. Il est très vite monté en grade. Il est devenu Commandant. Il était fier de l'être et surtout très fier de son uniforme. Il faisait l'orgueil de ses parents. Et c'est comme ça qu'il a séduit ma mère, aussi…

Assassine, Caroline se révolte :

- Il a déporté des Juifs ? Il les a torturés ? Il les a envoyés dans les camps de concentration ? Lui qui était juif ! J'y crois pas !

- Mais il ne savait pas qu'il était juif à ce moment-là ! Pour lui, c'était le bon Allemand !

- Il a même été décoré, alors tu parles !

Maxime prend le document de Sarah avec la médaille militaire.

- Tu veux parler de cette médaille ? C'est le German Order… C'est la plus haute récompense du Parti Nazi. Il l'a reçue avant de prendre conscience de la barbarie nazie.

- Il a fait de l'excès de zèle alors.

- Oui… Mais comme tous les officiers allemands ! C'est pour ça que je ne le voyais plus. J'avais honte des horreurs qu'il avait commises. Je ne voulais surtout pas qu'on m'associe à un Nazi.

- J'ai cherché ce qu'était cette médaille sur Wikipédia… Elle a été remise seulement à quelques officiers. Et souvent à titre posthume.

- Lui, il l'a reçue de son vivant. C'est vers la fin de la guerre qu'il a pris conscience de l'ignominie du régime nazi. Comme si, dans ses gènes, il sentait qu'il ne pouvait pas participer à de telles horreurs.

- N'empêche que c'était un monstrueux SS…

- Oui mais finalement il est devenu un héros. Il a sauvé des Juifs au péril de sa vie. Et ça avant d'apprendre qu'il était juif. C'était un type bien, mon père ! Avec un courage hors du commun !

- Une sorte de Schindler ?

Maxime reprend son souffle.

- Si tu veux… Il a tout raconté à sa mère. Il avait peur que les Nazis s'en prennent à elle s'ils apprenaient sa trahison. Il savait que ce qu'il faisait, c'était un crime de guerre. Il se fichait de risquer sa vie. Mais sa mère, il ne fallait pas y toucher !

- Elle a dû penser qu'il avait deviné inconsciemment ses origines non ?

- Exactement ! C'est à ce moment-là qu'elle s'est sentie obligée de lui dire la vérité sur sa naissance. Du coup, il a appris en même temps qu'il était juif et que sa vraie mère l'avait abandonné en Algérie parce qu'elle était trop jeune. Les actes antisémites qui étaient déjà inacceptables pour lui, sont devenus révoltants !

- Eh bien alors, si c'est vrai, pourquoi est-ce qu'il n'a pas été remercié comme Schindler justement ou comme les Justes en Israël ?

- A la fin de la guerre, quand il a fallu punir les lieutenants zélés du Führer, il était en première ligne à cause de sa médaille militaire. Pourtant, il a bien sauvé des Juifs. Il fallait être sacrément courageux quand on était officier SS pour faire ça. C'était les pires ennemis du Troisième Reich ! Pour les Nazis, il n'y avait pas de pire forfaiture.

Maxime relève la tête en passant à l'évocation des épisodes illustres de la vie de son père, pour authentifier ses déclarations.

Il veut fourmiller de détails.
Le regard de Caroline témoigne de son admiration au récit de ces aventures romanesques, dignes d'un film historique.

- Avec huit camions, mon père a débarqué au camp de concentration de Theresienstadt pour réquisitionner des Juifs. Officiellement, il devait faire tourner la société Skoda avec ces hommes. En tant que commandant, il en profitera pour les libérer. Il n'a pas hésité à imiter la signature de Hermann Göring pour parvenir à ses fins !

- Waouh ! Trop classe !

- Ce n'est pas fini ! Tout puissant avec son titre de commandant SS, il a aidé plein de femmes juives à s'évader. Il leur a procuré des faux papiers d'identité en tant que Polonaises et Ukrainiennes.

- Pétard !

- Ces faux papiers leur ont permis de gagner Munich. Là, sa mère a pris le relais. Elle leur a assuré un emploi dans des maisons allemandes qui ignoraient tout de leurs origines. C'est incroyablement courageux de sa part mais aussi de la part de sa mère.

- Mais alors pourquoi est-ce qu'il a été arrêté à la fin de la guerre ? Et par qui ? Les Français ? Les Américains ?

- A la défaite de l'Allemagne, c'était la chasse aux sorcières. Il a été arrêté par les Américains en 45. Il a été libéré deux ans plus tard en 47.

- Le temps de prouver ses actes héroïques ?

- Oui ! Et ça n'a pas été simple. Il était catalogué SS méritant, avec son grade de Capitaine. En plus, à cause de cette médaille militaire, il a eu du mal à convaincre les Américains qu'il avait fait des actes de résistance.

- Finalement, cette médaille c'était une plaie !

- Oui, c'est pour cette raison qu'il a mis ce certificat dans la boîte. Cette médaille a été la cause de son malheur.

- Alors ? Comment il a pu prouver que c'était un héros ?

Caroline est suspendue à ses paroles. Elle ne cesse de penser au destin incroyable de ce bébé juif d'Algérie, le petit Samuel, devenu Ludwig Helmrich, officier SS.

De mémoire, elle n'a jamais entendu parler d'une telle aventure. Pourtant en tant qu'historienne, spécialiste de la Seconde Guerre Mondiale, elle s'est intéressée aux hommes et aux femmes qui ont risqué leurs vies pour sauver des Juifs.

Maxime poursuit :

- Heureusement, le Bon Dieu ou le hasard, comme tu veux, l'a récompensé ! Il a eu de la chance au final ! Le dénouement est surprenant ! Mon père a été interrogé. Il a assuré avoir sauvé 34 femmes juives grâce à des faux papiers qu'il leur a fournis. Par bonheur, sur cette liste, figurait la tante de l'un des enquêteurs américains qui a vérifié l'information. Cette femme a confirmé ce que mon père prétendait. Grâce à elle, il a été non seulement blanchi mais félicité pour faits de bravoure.

Maxime appuie ses déclarations pour sensibiliser encore davantage Caroline.

- Il était encore plus dangereux de sauver des Juifs en étant officier SS qu'en étant résistant français.

- Mais alors pourquoi ta mère l'a quitté ?

- Quand il est revenu chez lui à Munich, il a refusé de changer d'identité. Il tenait à garder le nom de Ludwig Helmrich. Il ne parlait plus et s'est renfermé dans un silence chronique.

- Le pauvre ! s'apitoie Caroline.

- Malgré son courage et tous les Juifs qu'il a pu sauver, il s'en est toujours voulu d'avoir collaboré à cette sinistre époque nazie. Et puis, il a subi les critiques et les insultes de ceux qui n'avaient gardé en mémoire que sa carrière d'officier SS.

- Il n'a plus travaillé après ? Pourtant il était très jeune.

- Blessé à la jambe, il était invalide de guerre. S'il avait travaillé, ça aurait peut-être changé les choses. Les Allemands ont la mémoire courte ! Ils ont bonne mine ! Ils ont tous suivi Hitler sinon il n'aurait pas été Dictateur. Alors s'en prendre à mon père, c'est d'une lâcheté incroyable.

- Comment ta mère en est venue à l'abandonner ? Ils avaient l'air de bien s'entendre pourtant.

- Ma mère a eu du mal à supporter cette vie cachée. Encore plus, quand je suis né quelques années après. Mon père était montré du doigt à la fois par les pronazis, pour avoir trahi Hitler, mais aussi par les Allemands repentis, ceux qui voulaient oublier ce passé peu honorable.

Maxime n'a jamais revu son père jusqu'à la fin de sa vie et ce fameux jour où il lui a remis la précieuse boîte à chaussures. Pour Ludwig, son fils s'appelait toujours Hans et pas Maxime.

En lui confiant le Secret de Sarah, Ludwig lui a fait promettre de retrouver la trace de ses descendants, enfants, petits-enfants.

Ludwig aurait rêvé de revoir sa mère biologique, Sarah. Il aurait au moins voulu connaître son destin, après cet abandon traumatisant. Hélas, il n'a jamais rien su.

*

Caroline et Maxime se sont installés au restaurant, le bar ayant fermé ses portes.

Elle lui explique comment elle en est venue à se méfier de lui : les mots en Allemand, la chambre aux secrets, ses visites nocturnes à son insu.

Maxime se montre indulgent :

- Oui je comprends… Mais tu aurais dû m'en parler !

- J'ai pensé comme toi que c'était trop tôt !

- Les grands esprits se rencontrent…

- Moi j'imaginais que tu étais un tueur en série ! Mets-toi à ma place. Je suis juive. Ces papiers nazis et puis ensuite la photo de ma grand-mère et son mouchoir. C'était dingue ! Je n'y comprenais rien !

- Ce que tu as découvert est en or ! Je peux enfin recoller les morceaux.

- Et moi donc !

Comme lui, elle possède enfin toutes les pièces du puzzle. Elle peut le compléter.
Maxime lui prend la main.

- Si j'avais su, je t'aurais cherchée avant !

- Et moi, j'aurais dû te dire tout de suite ce qui me turlupinait.

- Ne regrette rien ! Ce secret était trop lourd. Il fallait qu'on passe par là tous les deux. On a fait comme on a pu.

Cette quête du Graal, ils l'avaient cherchée longtemps, chacun de leur côté.

Ils devaient franchir ces épreuves, ces peurs, ces espoirs pour résoudre ce mystère ou plutôt ces mystères.

Caroline, avec un scepticisme coriace, s'enquiert de certains détails.

- C'était qui ces deux types qui sont venus chez toi un matin, avec ta mère ?

- Deux types ?... Ah oui avant-hier… C'est les frères de ma mère. Ils se disputent un héritage du côté maternel. Je ne les supporte pas. J'essayais d'arranger les choses pour aider ma mère. Mais comment tu as pu les voir ?

Caroline lui avoue la location de l'appartement, en face de chez lui, d'où elle pouvait l'espionner.

- On aurait dit des croquemorts. Evidemment, j'ai cru que c'était des tueurs, comme toi. Ils étaient fringués comme des chefs de la Gestapo.

Au lieu de la réprimander, il émet un regret :

- Quand je pense que tu étais à quelques mètres de moi. Tu m'as tellement manqué. Si tu savais !

Débarrassé de ses fardeaux, il réactive sa libido et célèbre leurs retrouvailles par un baiser passionné.

- J'ai cru que tu voulais m'assassiner parce que j'étais juive. Que tu étais un néonazi ou je ne sais quoi. Que tu allais détruire ma famille. Enfin tu vois le genre !

Elle se remémore les passages de son enquête.

La conversation téléphonique qu'elle avait surprise quand elle se cachait dans la chambre aux secrets, la tourmente.

- Tu parlais d'éliminer quelqu'un. Que c'est toi qui t'en occuperais. Tu disais à la personne de ne pas s'inquiéter.

Maxime se concentre en se prenant la tête. Il ne voit pas de quoi il s'agit.
- Ah ça y est ! Oui ! Je me souviens !

Caroline est toute ouïe, impatiente de maîtriser chaque point qui l'avait fait basculer dans la terreur de celui qu'elle voyait désormais comme un monstre.

- C'est ma mère ! Elle n'arrivait pas à se débarrasser d'un rat dans sa cave.

A cette révélation improbable, ils partent tous les deux d'un fou rire salvateur !

Comme ça fait du bien de se libérer de cette tension qui l'avait plongée dans une panique maladive ces dernières semaines !

A son tour, Maxime la questionne sur ses propres interrogations :

- Donc c'était bien dans un pays arabe que tu étais ? Tu m'as fait croire que tu étais à Barcelone. C'est bien le muezzin que j'avais entendu ? C'est pas beau de mentir !

- Oui ! J'avoue ! Je n'allais pas te dire que j'étais en Algérie. Je menais une enquête !

- Et moi qui croyais que tu me trompais. Que tu avais rencontré un type et que tu étais partie avec lui. J'étais désespéré !

- Dis-moi… Pourquoi tu as mis tous tes secrets dans cette chambre ? Entre nous, elle est moche cette pièce… vintage, on va dire. Rien à voir avec le reste de ton appart'.

Caroline lui confie qu'elle l'a appelée « la chambre aux secrets ».

- J'ai déménagé en catastrophe. Vue la taille de l'appartement, je me suis dit que je mettrais toutes mes vieilleries là.

- Un garde-meuble, quoi…

- Voilà ! Et toi tu as fantasmé sur mon débarras…

Caroline revient sur les étapes phares de son enquête.

- Il m'a fallu beaucoup de jugeote pour trouver le mouchoir brodé. Tu as de l'imagination… Le mettre dans un tiroir et cacher la clef dans un faux livre… Il fallait y penser ! Heureusement, il m'a attiré l'œil ! Il était tellement beau ce livre… Alice aux Pays des Merveilles…

Elle confie que la plus grande difficulté a été de mettre la main sur l'acte de naissance allemand.

- C'était un vrai rébus ! Trouver d'abord la lettre cachetée avec le titre « Les Misérables ». Puis le livre… J'ai eu de la peine à le détecter dans ton immense bibliothèque ! J'ai cru que je m'étais trompée d'ailleurs. Je l'ai refermé. C'est au dernier moment que j'ai vu que les deux dernières pages étaient collées. J'ai dû les déchirer, je te préviens… C'est là que le papier qui était à l'intérieur est tombé.

Elle lui révèle toutes les étapes de ses investigations avant le départ en Algérie.

Maxime lui donne la raison de ses cachoteries.

- Ma vie entière est un mystère ! Ma mère m'a appris à ne pas dire mon nom. Mon père s'est caché presque toute sa vie. Et puis il m'a confié des secrets de famille. Bref ! J'ai appris à me méfier et surtout à me taire. C'était une question de vie ou de mort.

S'il a voulu dissimuler aussi méticuleusement ces traces du passé, c'est d'ailleurs surtout en pensant à sa mort.

- Quand quelqu'un meurt, on trie tous ses papiers, on lit ses lettres, ses mails, ses textos… Et ça, c'était ma hantise ! Je ne voulais pas qu'on trouve tout ça. On aurait fait des raccourcis et sans moi, c'était compliqué à comprendre. Tu as vu toi-même…

- OK… Explique-moi aussi pourquoi tu donnes des initiales à tes clefs ? « TR », « FR » ou je ne sais quoi… *MR* ce ne serait pas *Maxime Room* ? Je l'ai tenté pour ouvrir la chambre aux secrets. Et c'était bon ! *TR* ? *The Room* ? Explique s'il te plaît…

- Je n'avais plus d'étiquettes larges. Alors j'ai abrégé les mots pour qu'ils rentrent tous dans les petits autocollants qu'il me restait.

Caroline n'en revient pas de cette simplicité étonnante. Elle est d'un contraste saisissant avec la quantité d'éléments insolites et dramatiques qu'elle avait passée des jours entiers à éclaircir.

- *TR* c'est *Tiroir Rouillé.* C'est un tiroir de ma chambre. Je n'arrive pas à l'ouvrir alors c'est pour le reconnaître. *FR* c'est *Frigo Réserve.* C'est le mini frigo où j'entrepose les cannettes de coca. *MR* c'est bien *Maxime Room.* Bravo ! Quelle perspicacité !

- Ah oui… Tu m'as dit aussi que ton père était mort en 71 et que tu avais dix ans. C'est faux puisque tu l'as revu il y a quelques années.

- Je ne t'ai jamais dit qu'il était mort en 71. J'ai dit qu'il avait disparu en 71. Pour moi, c'était tout comme…

- Et l'arme que tu caches derrière des bouquins dans la bibliothèque ? Elle m'a foutu la trouille, si tu savais.

- Elle appartient à mon père. Je l'ai récupérée quand j'ai été le voir, à sa mort. C'est un Luger P08 si tu veux tout savoir. C'est un des premiers pistolets semi-automatiques. Il a été fabriqué par la Deutsche Waffen und Munitionsfabriken. C'est une pièce de valeur.

*

Maxime saisit la main de Caroline. Il pose tendrement ses lèvres sur sa peau frissonnante.

- Toi mon sang. Mon mystère. Je suis si heureux de t'avoir tout dit.

Ils trinquent à Ludwig, à Simon et à Sarah. Ils se déclarent fiers de leurs ancêtres.

Leur seul regret est de ne pas avoir découvert ce secret assez tôt pour le révéler à Sarah.

Maxime et Caroline étaient chargés de la terrible mission de découvrir le Secret de Sarah. Comme un vœu divin au nom de leurs parents et grands-parents. Quel bonheur aurait été le sien de revoir son fils, celui qu'elle n'a jamais oublié !

Sarah et Ludwig ont eu le même destin. Chargés de ce douloureux secret, ils ont vécu dans un silence impénétrable qui les a meurtris.

*

Maxime met de la gaieté dans leur échange, heureux d'avoir retrouvé sa Caroline.

- Au nom de Sarah, soyons heureux !

Le serveur, flairant un grand moment, l'apostrophe.

- Je vous sers une coupe ?

- Oui ! Oui ! Du Champagne !

- Excellente idée !

Il pose sur la table, comme un objet précieux, un Duo Pomponnes Moët et Chandon, enlacé d'un nœud rouge.

Les deux amoureux tchinent avec leurs flûtes sans pied, en se dévorant du regard.

Ce signe de joie scelle leur union.

De l'autre main, ils se tiennent comme s'ils ne voulaient plus jamais se quitter.
Caroline sait que, désormais, un lien indissociable l'unit à Maxime.

Retrouvant son sens de la répartie, elle taquine son bel inconnu.

- Et tu espères sans doute que je vais fondre dans tes bras et qu'on vivra heureux pour l'éternité ?

- Oui ma chérie ! Tu es ma vie ! Je t'attendais ! Je ne te quitterai plus !

Il se penche, cherche ses lèvres offertes et l'embrasse interminablement. Ils ferment les yeux, soulagés d'être parvenus à leur fin. Ils veulent savourer cet instant unique.

Comme après une épreuve ou un examen de fin de cycle, ils se sentent épuisés par le long chemin qu'il a fallu parcourir pour en arriver là. Les inquiétudes, les stratégies, les peurs et aujourd'hui ce coup d'éclat.

Caroline et Maxime ont pu réunir toutes les pièces du puzzle, ensemble. Et cela, ils ne l'oublieront jamais.

L'un sans l'autre, ils n'auraient jamais découvert la vérité.

Il y a de la magie dans cette impression de dépendre l'un de l'autre.

Le cœur de Caroline bat la chamade. Elle n'a jamais connu un tel chambardement.

Tout se mélange dans son esprit embrouillé :
Le débarquement magistral de Maxime dans son existence.
La dédicace à Lyon, ce jour de pluie diluvienne, comme un songe singulier.
Son coup de foudre pour ce beau blond qu'elle a nommé de manière poétique « L'Inconnu du Café des Négociants ».
Leurs rendez-vous féériques.
Son enquête laborieuse au risque de perdre sa vie.
Ses investigations risquées dans l'appartement de Maxime.
Ses recherches fastidieuses sur internet.
Ses questions insolites à sa famille.

Sa frayeur incontrôlable de Maxime, Valet de Cœur transformé en pervers nazi.
Le voyage rapide et intense en Algérie à la quête de ses origines.
La sagacité dont il a fallu témoigner pour percer chaque indice.
Le destin tragique de Samuel.
Le Secret de Sarah.

Caroline a vécu, en quelques semaines, l'époque de tous les risques !

A eux deux, ils ont bravé les interdits, bousculé les idées reçues, percé des mystères enfouis depuis des générations, traversé les frontières, changé l'histoire.

Ils se sont laissés guider par leurs rêves. Ils sont les seuls à connaître le chemin sinueux qu'il a fallu entreprendre pour atteindre cette plénitude aujourd'hui acquise.

Il est des rencontres qui ressemblent à des planches de salut.

Parce qu'ils ont l'étoffe de super-héros, voilà un couple qui touche au cœur.

Ils sortent renforcés de cette aventure incroyable qu'ils ont vécue en parallèle.

La passion de Caroline et Maxime unit enfin Sarah, Simon et Samuel pour l'éternité.

Ils immortalisent l'instant par un selfie d'une grande émotion à l'image de leur duo magnétique.

Epilogue

Dix mois plus tard.
Un jeudi après-midi de début d'été.

Grande Synagogue Tilsitt à Lyon, majestueuse dans son style néo-byzantin.

Coups de blues, fatigue, stress sont loin derrière Caroline et Maxime.

Caroline réalise enfin son rêve de se marier à la synagogue.

Elle s'unit à Maxime pour le meilleur et pour le pire.

Leur union chante le lien entre Orient et Occident.

La cérémonie est à l'image de leur vie de solitaires. Peu de personnes présentes.
Du côté de Maxime, sa mère Jacqueline, sa secrétaire au Parlement Européen et deux conférenciers avec qui il a des atomes crochus.
Il n'a eu aucune hésitation à choisir son témoin. Son meilleur ami d'enfance, Ludovic, perdu de vue mais jamais oublié.
Du côté de Caroline, d'abord, évidemment, Elise, sa fille. Sa meilleure amie, Gina.
Sa tante Andrée et son attachée de presse Magali, venues de Paris par le même TGV. Elles ont pu sympathiser.
Sa cousine Brigitte de Cagnes-sur-Mer accompagnée de ses deux filles, Chloé et Lisa.
Son témoin ? Ernst ! Trop heureux d'intégrer la famille de Sarah par l'intermédiaire de sa petite-fille. Il n'était jamais sorti d'Algérie. Cette journée représente donc un double événement pour lui.

Caroline a fait confectionner par une styliste, la réplique exacte de la robe de mariée de Sarah, leur grand-mère à tous les deux. Elle a twisté son allure avec un bouquet bohème chic, un peu girly, dans un camaïeu de rose.

Pour être assorti, Maxime s'est inspiré de la même photo de mariage de Sarah avec le grand-père de Caroline.
Il porte à merveille la queue-de-pie et le gilet. Seule variante, il a troqué la cravate contre le nœud pap, atout phare de son costume. La pochette de soie, dans un des coloris du bouquet de fleurs de Caroline, souligne l'harmonie parfaite de ces deux-là.

Ils sont beaux à tomber. Leur couple fusionnel est à lui seul un hymne à l'amour.

*

Maxime s'est enfin décidé à prendre sa retraite. Il donne des conférences sur son thème fétiche, l'U.E. et la Russie.

Caroline le suit dans tous ses déplacements. Restaurants, hôtels… Elle se réjouit de la tournure des événements. Fini l'ennui de sa vie d'avant. Vive les surprises !

De son côté, elle poursuit sa carrière d'écrivaine, jalonnée d'écriture et de dédicaces. Maxime vénère ce privilège de l'accompagner où qu'elle aille. Dans l'ombre de celle qu'il admire chaque jour davantage, il se concentre sur son bien-être.

Ils forment une coalition. Leur union magique, c'est le triomphe de l'amour sur la haine.

Ils profitent l'un de l'autre. Ils passent de longues soirées à converser autour de leurs ancêtres et à bâtir des plans sur la comète.

Avec l'aide des Mormons, ils ont relevé le challenge de composer leur arbre généalogique, le même pour tous les deux.

Leur voyage de noces sonnait comme une évidence. Ils devaient se rendre en Algérie.

Au cours d'une soirée poignante chez Ernst, Caroline et Maxime lui ont divulgué les énigmes qu'ils avaient percées à eux deux.

Ensemble, ils ont fait des démarches pour racheter au gouvernement algérien, la maison de Sarah.
Ernst suit les travaux avec attention.

Forte des souvenirs de sa famille, Caroline a mandaté un architecte local pour venir à bout de cette rénovation qui semblait impossible.

Il parvient à reconstituer trait pour trait la propriété, avec la cour intérieure et les carreaux noirs et blancs, le bassin et les zelliges bleu turquoise, la grande terrasse face à la mosquée.

Ils font le projet de réunir leurs proches à Noël dans cette demeure qui deviendra leur maison de famille.

Leur mariage, c'est plus qu'une histoire d'amour. C'est le roman de plusieurs vies, de drames, de passions qu'ils ont réussis à assembler par la puissance de leur rencontre.

Ils se sentent investis d'une mission quasi divine. Ils sont d'une complicité rare.

Ensuite, comme un pèlerinage, ils ont mis le cap vers Munich, accompagnés de Jacqueline.

Son ancien domicile est occupé aujourd'hui par un jeune couple et ses deux enfants. Très sociables, ils les ont invités à rentrer pour s'imprégner de leurs souvenirs.

Ils se sont recueillis sur la tombe de Ludwig. Ils ont constaté avec émotion qu'elle était fleurie régulièrement par des Israéliens et des Juifs, avides de reconnaissance envers celui qui est enfin reconnu comme un « Juste parmi les nations ».

Maxime ne cache pas sa fierté.

Jacqueline regrette d'avoir abandonné cet homme extraordinaire qu'elle aimait tant. Mais, au nom de son fils, comment faire autrement ?

Gageons que Sarah est heureuse de contempler, de là où elle est, ce beau témoignage de l'histoire d'amour qu'elle n'a pas eu la chance de vivre.

Le bonheur de Caroline et Maxime est une revanche sur le destin brisé de Sarah.

A PROPOS DE L'AUTEUR

Après avoir été journaliste puis Directrice de l'Office du Tourisme de Grenoble, Hélène Tavelle crée une agence de communication, Sorel & Stendhal. Fondatrice du Club VIP Business, elle anime ce Réseau d'Affaires en Rhône-Alpes.

Femme d'engagement, elle milite contre le racisme et l'antisémitisme, ce qui lui vaut d'être décorée de l'Ordre National du Mérite par Marek Halter.

Elle écrit son premier roman « Déborah – La Rencontre Interdite ».
A partir de ce moment, elle se consacre à l'écriture et publie :
- « Quatre », destins croisés de quatre amies.
- « Echappées Belles », nouvelles avec des héroïnes qui quittent le train-train quotidien pour un nouveau destin.
- « Un Amour de Confinement », une love story pendant le confinement, la propulse dans l'univers des écrivains à succès.
- « Le Secret de Sarah », une énigme tirée de faits réels.

Printed in Poland
by Amazon Fulfillment
Poland Sp. z o.o., Wrocław

81531995R00179